Ulrike Bliefert
(Hrsg.)

DER KUSS
DER
GRÜNEN FEE

DER KUSS DER DER GRÜNEN FEE

Kriminelle Absinth-Geschichten
herausgegeben
von
Ulrike Bliefert

DRYAS

Das für dieses Buch eingesetzte Papier ist ein Produkt
aus nachhaltiger Forstwirtschaft.

1. Auflage 2014

© Dryas Verlag
Herausgeber: Dryas Verlag, Frankfurt am Main,
gegr. in Mannheim.

Herstellung: Dryas Verlag, Frankfurt am Main
Lektorat: Ulrike Bliefert, Berlin
Korrektorat: Andreas Barth, Oldenburg
Umschlagabbildung: © Sophie Freiwald, Guter Punkt, München
(www.guter-punkt.de) unter Verwendung eines Motives
von Ulrike Bliefert
Graphik: „Melusine" © Olena Antonova - Fotolia.com
Satz: Dryas Verlag, Frankfurt am Main
Gesetzt aus der Palatino von Linotype
Druck: Aalexx Buchproduktion GmbH, Großburgwedel

Bibliografische Information der Deutschen Bibliothek:
Die Deutsche Bibliothek verzeichnet diese Publikation in der
Deutschen Nationalbibliografie, detaillierte bibliografische Daten
sind im Internet über http://dnb.ddb.de abrufbar

ISBN: 978-3-940855-51-0
www.dryas.de

INHALTS-VERZEICHNIS

VORBEMERKUNG

„Ein Glas Absinth ist so poetisch wie alles in der Welt", schrieb einst der große Oscar Wilde. *„Was ist der Unterschied zwischen einem Glas Absinth und einem Sonnenuntergang?"*

Verehrter Mr. Wilde, zunächst einmal ist ein Sonnenuntergang rot-rosa-gelb-orangefarben und Absinth ist grün, milchig weiß oder gänzlich farblos. Und darüber hinaus zeitigt auch das exzessivste Betrachten eines Sonnenuntergangs in der Regel weder geistige noch körperliche Spätfolgen, was man zumindest zu Ihrer Zeit vom Absinth-Genuss nicht behaupten konnte.

Aber selbstverständlich, Mr. Wilde, ist Ihre provokante Frage dem britischen – speziell dem Ihnen eigenen – Humor geschuldet, und wir haben Sie verstanden! Heutzutage würde Ihre Aussage vermutlich auf einen kreisrunden, weißen Sticker reduziert:

Großes i, rotes Herzchen
und ein Glas mit grüner Flüssigkeit
=
I love Absinth.
In diesem Sinne wird es Sie – in meiner Vorstellung

gemeinsam mit Ihren Künstlerkollegen Toulouse-Lautrec, Hemingway und van Gogh auf einer grünen Wolke sitzend, Cléo de Mérode und der Schönen Otéro zuprostend – und natürlich Ihnen, liebe heutige Leser – gefallen, dass sich hier zehn Autorinnen und Autoren des 21. Jahrhunderts zusammengefunden haben, um der geliebten Grünen Fee literarisch die Ehre zu erweisen.

Cheers, Mr. Wilde!
Santé, messieurs dames!

Ulrike Bliefert

Kathrin Lange

Des Mordes
Schuldig

Couvet, 1797

„Nein!" Mit einem panischen Schrei fuhr Pierre neben ihr aus dem Schlaf in die Höhe.

Marie Henriod gähnte und stützte sich auf einen Ellenbogen. Ihr langes, blondes Haar, das sie tagsüber unter einer Haube verbarg, aber des Nachts zu einem dicken Zopf flocht, rutschte ihr über die Schulter. „Du hast geträumt, Doktor", murmelte sie.

Pierre saß aufrecht in seinen Kissen. Sein Gesicht war feucht vom Schweiß, sein Blick auf etwas gerichtet, das nur er zu sehen vermochte. Etwas aus seiner Vergangenheit, das ihn Nacht für Nacht quälte, sodass er sich wie im Fieber auf seinem Lager hin- und herwarf und wieder und wieder immer nur einen Satz wimmerte:

„Wir dürfen das nicht!"

Marie hob eine Hand, zögerte kurz und legte sie Pierre auf den verkrampften Oberarm. „Es war nur ein Traum! Du bist nicht mehr in Paris!"

Es waren die magischen Worte, die ihn gewöhnlich zu

9

ihr zurückbrachten, und sie brachen auch heute wieder den Bann, in den der Alptraum ihn geschlagen hatte.

Nicht mehr in Paris!

Er blinzelte, einmal, zweimal, dann wandte er langsam den Kopf. Wie immer dauerte es einige Herzschläge, bis er wieder vollständig bei ihr war, bis sich sein Blick klärte und er begriff, dass sie Recht hatte.

Er war nicht mehr in Paris.

Er war hier bei ihr. Im Val-de-Travers, weit entfernt von der französischen Hauptstadt, deren Pflaster vermutlich noch immer rot war von all dem Blut, das in den letzten Jahren von den Guillotinen geflossen war.

Marie setzte sich aufrecht hin, und um es bequemer zu haben, stopfte sie sich ihr Kissen im Rücken zurecht. Ihr Blick fiel auf den Ansatz ihrer Brüste und sie zog den Ausschnitt des Nachtgewandes, der sich während ihres Schlafes geöffnet hatte, unter dem Kinn zusammen. „Wovon träumst du?"

Sie fragte ihn das immer wieder einmal, aber bisher hatte er ihr nie eine zufriedenstellende Antwort gegeben. Zu gern hätte sie gewusst, was er erlebt hatte, in Paris, in jenen Tagen vor inzwischen mehr als vier Jahren, als er aus der großen Stadt geflohen war. Sie fragte sich oft, ob er zu den Revolutionären gehört hatte oder zu jenen, die versucht hatten, den König vor dem Mob zu bewahren und seinen Kopf zu retten. Manchmal ertappte sie sich dabei, dass sie sich vorstellte, wie er in dem Pulk mitlief, der die Bastille gestürmt hatte, und dann betrachtete sie ihn mit noch viel verliebteren Augen, als sie es ohnehin schon tat.

Ihr Pierre.

„Wovon träumst du?", wiederholte sie, weil er ihr nicht geantwortet hatte.

Aber er schüttelte den Kopf. Einmal nur, ein einziges Mal, hatte er ihr auf diese Frage eine Antwort gegeben, aber sie war so düster und rätselhaft gewesen, dass sie Marie Angst gemacht hatte.

„Davon, dass ich des Mordes schuldig bin", hatte er gesagt.

Sie hatte lange gebraucht, bis sie gewagt hatte, die Frage erneut zu stellen.

„Schlaf weiter!", murmelte Pierre jetzt und gab ihr einen sanften Kuss auf die Stirn. „Es tut mir leid, dass ich dich geweckt habe."

Er legte sich wieder hin.

Marie tat es ihm gleich. Sie gähnte und streckte sich lang aus. Sie würde wieder einschlafen können, das wusste sie, aber sie wusste auch, dass Pierre den Rest der Nacht wach liegen und in die Finsternis starren würde.

Der Tag dämmerte mit Nebelfetzen herauf, die jedoch schon bald von der Sonne aufgezehrt werden würden. Es würde warm werden, das spürte Marie, als sie die Fensterläden weit aufstieß und den Morgen in ihre Kammer ließ.

Der Traum hatte keine nennenswerten Auswirkungen auf Pierres Laune. Beim Frühstück sprach er ebenso freundlich mit ihr wie stets. Er gab ihr ein paar Anweisungen, was sie tagsüber zu tun hatte. Heute sollte sie in den Garten gehen und Wermut ernten. Es war an der Zeit, neues Elixier herzustellen, sagte Pierre, da er das letzte soeben eingesteckt habe und dem Sohn der Witwe Marcellin gegen seine Leibkrämpfe geben werde.

Marie nickte gehorsam. Sie liebte es, in ihrem Garten zu werkeln, nach den verschiedenen Kräutern zu sehen und darauf zu warten, dass sich die Blüten entwickelten, die Pierre für eine Medizin brauchte. Nicht zum ersten Mal dankte sie ihrem Schöpfer dafür, dass er Pierre in ihr kleines Dorf geführt hatte und dass er – der weit gereiste Doktor der Medizin aus dem großen, fernen Paris – sich dazu herabgelassen hatte, sie, die junge und unbedarfte Marie Henriod als seine Haushaltshilfe einzustellen. Dass sie weitaus mehr für ihn war, als nur die Frau, die seine Kleider wusch und ihm das Essen kochte, wusste im Dorf niemand. Natürlich gab es Gerede, wenn ein gestandener Mann wie Dr. Pierre Ordinaire mit seinen über fünfzig Jahren ein junges Ding wie Marie in seinen Haushalt aufnahm. Die Leute tuschelten darüber, ob sie nicht vielleicht auch sein Bett wärmte, aber Pierre verstand es, dieses Gerede mit strengem Blick und wenigen Worten zu beenden, sobald er davon hörte.

Er gab Marie einen Kuss auf den Scheitel, dann griff er sich seine Taschen und verließ das Haus. Durch das Fenster konnte Marie ihn zu dem angrenzenden Stall gehen sehen, in dem sie zwei Ziegen, ein Schwein und ein paar Hühner hielten. Außerdem stand darin Roquette, Pierres zähes, kleines Korsenpferd, mit dem er über die schmalen Pfade zu seinen Patienten ritt.

Marie konnte Roquette wiehern hören, als Pierre zu ihm in den Stall trat, und mit einem Lächeln machte sie sich daran, den Tisch abzuräumen.

Pierre war kaum eine Stunde fort, da pochte es an ihrer Türe.

Gut gelaunt ritt Pierre auf Couvet zu. Noch eine knappe Viertelstunde, dann würde er zu Hause sein, bei Marie, die hoffentlich schon mit einem guten Essen auf ihn wartete. Er war hungrig wie ein Bär, aber das war auch kein Wunder, denn er hatte seit dem Frühstück nichts mehr gegessen. Die Witwe Marcellin hatte ihm zwar etwas anbieten wollen, während er ihrem Sohn Löffel für Löffel seines *Elixir Vert* einflößte, aber er hatte sich geweigert, etwas anzunehmen, denn er wusste, wie wenig die Witwe und ihr sechzehnjähriger Sohn selbst besaßen.

Jetzt freute er sich auf ein ausgiebiges Mahl mit Marie und dann auf ein paar angenehme Stunden in ihren Armen.

Er lenkte Roquette den Weg zum Dorf hinauf und dort nach rechts, bis er das Haus erreicht hatte, das er seit vier Jahren bewohnte. Als er um die letzte Wegbiegung kam, zögerte er.

Ein fremdes Pferd war vor dem Haus angebunden. Dem Staub nach zu urteilen, der die Beine des Tieres bedeckte, musste sein Reiter von weit her gekommen sein.

Von weit her ...

Aus Paris?

Schlagartig zog sich Pierres Magen zusammen, doch er schalt sich einen Narren. Es musste überhaupt nichts zu bedeuten haben! Der Reiter konnte aus einem Nachbartal stammen. Vielleicht hatte er von Pierres Wunderelixier gehört, das nicht nur Wurmkrankheiten zu heilen vermochte, sondern auch Magen- und Verdauungsprobleme aller Art und sogar das Wechselfieber.

Pierre hielt sein Pferd neben dem des fremden Besuchers an, und er war gerade aus dem Sattel gestiegen, als die Haustür aufflog und Marie herauskam. Ein einziger Blick in ihr Gesicht genügte ihm, um zu ahnen, dass seine Befürchtungen begründet gewesen waren.

„Du hast Besuch", sagte sie leise.

Und da wusste er, dass der Besucher tatsächlich aus Paris kam.

Mit steifen Schritten betrat er sein Haus. Sein Blick fiel auf einen hochgewachsenen, extrem dünnen Mann, der ihm den Rücken zuwandte. Ein unordentlicher Zopf hing ihm auf den Rücken, auf dem Schemel ein Dreispitz, der ebenso staubig war wie die Beine des Pferdes draußen. Es war nicht nötig, dass der Mann sich umdrehte. Pierre erkannte ihn auch so.

„Antoine", sagte er.

Seine Vergangenheit. Am Ende hatte sie ihn also doch eingeholt.

Der Besucher drehte sich langsam zu ihm um, und während er das tat, zogen Erinnerungen durch Pierres Geist. Er hörte Musketenfeuer und das triumphierende Gebrüll des Pöbels, er spürte den Sog der Menge, die ihn mitriss, ohne dass er es verhindern konnte, er roch den Pulverdampf und das Blut ...

Der Strom der Erinnerungen riss ab, als sich der Blick der hellblauen Augen Antoines auf ihn richtete. „Pierre." Antoines Stimme war heiser und brüchig. Seine Wangen wirkten eingefallen, die Lippen waren rissig, die Haut fahl.

Pierre trat einen Schritt vor. „Du bist krank", sagte er.

Antoine wollte sich von seinem Stuhl erheben, doch er schaffte es nicht. Auf halbem Wege verließen ihn die Kräfte, und er sank zurück. Sein Gesicht wurde noch blasser. „Das ist der Grund dafür, dass ich hergekommen bin."

Pierre eilte zu ihm. Einen Augenblick lang schob er alle Erinnerungen, alle Ängste und Befürchtungen von sich und war nur noch Arzt. „Marie, bring mir meine Taschen!", befahl er, und als sie nicht sofort reagierte, wandte er ihr den Kopf zu. „Sie befinden sich noch an Roquettes Sattel."

Marie stand regungslos neben der Eingangstür, ihre schmalen Schultern waren verkrampft und zeigten ihre Anspannung.

„Das ist Monsieur Antoine Joseph Santerre", stellte Pierre seinen unerwarteten Besucher vor. „Seines Zeichens Bierbrauer aus Paris, und er hat um meine Hilfe gebeten. Jetzt eile dich!"

Seine Worte zerrissen den Bann, der auf Marie lag. Sie nickte stumm, dann lief sie, das Geforderte zu holen.

„Bierbrauer." Antoine schnaubte, sobald Marie die Stube verlassen hatte. „Ein guter Scherz!" Auf seiner Stirn stand jetzt Schweiß.

Pierre tupfte ein wenig davon ab, roch daran. Er hatte einen käsigen Geruch.

Nicht gut.

„Wieso? Du *bist* Bierbrauer. Oder nicht?" Es war eine Möglichkeit, dem eigentlichen Grund für Antoines Hiersein noch für eine Weile auszuweichen, und Pierre ergriff sie dankbar.

„Ich war es, mein Bester. Ich war es. Im Moment bin

ich nicht viel mehr, als weiteres Kanonenfutter der Jakobiner."

Pierre, der gerade dabei war, seinem Besucher den Puls zu messen, verzählte sich und schaute überrascht auf. „Seit wann so kritisch der Revolution gegenüber?"

Antoine verzog das Gesicht, als habe er Schmerzen. Dann lachte er verbittert. „Vielleicht bin ich am Ende doch klug geworden." Er überlegte und fügte hinzu: „Wie du."

Pierre verspürte einen starken Widerwillen gegen das, was sein Besucher anzudeuten versuchte. Dementsprechend froh war er, als Marie mit seinen Taschen zurückkam. Sie stellte sie auf den Esstisch und blieb wartend stehen.

„Ich brauche in diesem Falle deine Hilfe nicht", sagte Pierre zu ihr. „Du solltest dich um Antoines Pferd kümmern, denke ich. Und Roquette könnte auch etwas Hafer und eine Abreibung mit Stroh gebrauchen."

Maries Lippen teilten sich, aber sie verbiss sich die Widerworte. Schweigend nickte sie, dann wandte sie sich um und verschwand abermals.

Pierre durchströmte eine Welle von Zuneigung zu seiner klugen, liebenswerten Marie, aber gleich darauf wandelte sich dieses Gefühl in tiefe, finstere Resignation, denn ihm wurde klar, dass mit Antoines Auftauchen seine Tage hier in Couvet gezählt waren.

Gezählt sein mussten.

„Ich war alles andere als ein kluger Mann damals", nahm er den unterbrochenen Faden des Gespräches wieder auf.

Antoine lachte erneut. Es klang nicht weniger verbittert als zuvor. „Das denkst du allen Ernstes, oder?"

Pierre öffnete seine Taschen und entnahm ihnen mehrere Dosen und Fläschchen. Eines der Fläschchen war leer. Pierre ging in die Küche, spülte es im dort bereitstehenden Eimer sorgsam aus und kehrte damit zu Antoine zurück. „Ich brauche etwas von deinem Wasser."

Antoine hob fragend die Augenbrauen, doch eine entsprechende Geste Pierres zeigte ihm, was gemeint war. Verblüfft und ein wenig unangenehm berührt nahm er das Fläschchen und drehte es zwischen den Fingern hin und her. „Ich soll hier rein ..."

„... pinkeln! Ja!"

Antoine rührte sich noch immer nicht.

Auffordernd sah Pierre ihn an.

„Ich ..." Antoine grinste hilflos. „... kann nicht, wenn du zuguckst."

Pierre verdrehte die Augen. Herrgott, Kerle wie Antoine waren Soldaten, aber wenn sie in Gegenwart eines anderen Mannes in ein kleines Glas pissen sollten, stellten sie sich an wie Waschweiber! „Ich warte draußen." Er verließ die Stube und ging nachsehen, ob Marie mit dem Pferd ihres Besuchers zurechtkam.

Marie hatte das riesenhafte Pferd des Fremden zur Hälfte abgerieben, als Pierre aus dem Haus und zu ihr kam.

„Wer ist er? Und was will er hier?", fragte sie über den Rücken des Tieres hinweg. Sie musste sich dafür auf die Zehenspitzen stellen.

Pierre blieb auf der anderen Seite des Pferdes stehen, und aus irgendeinem Grund hatte Marie das Gefühl, dass er froh war über das Hindernis zwischen ihnen. Sie sah, wie seine Finger in die Mähne griffen und mit einer der verfilzten Strähnen zu spielen begannen.

„Er hat mit deinen Träumen zu tun, nicht wahr?" Sie konnte die Frage nur flüstern. Schlagartig standen ihr Tränen in den Augen, und zornig zwinkerte sie dagegen an.

Pierre antwortete nicht sofort.

Marie hielt die Ungewissheit kaum aus. Angespannt trat sie von einem Fuß auf den anderen. Das Pferd des Fremden spürte ihre Angst und schlug unruhig mit dem Kopf.

Pierre streichelte ihm beruhigend den Hals.

„Hat er mit dem Mord zu tun, den du begangen hast?" Die Frage war heraus, bevor Marie sich auf die Zunge beißen konnte.

Pierres Kopf ruckte zu ihr herum. „Ich habe niemals einen Mord begangen." Seine Stimme war sehr leise. Er log nicht, das konnte sie ihm ansehen. Sie sah ihm immer an, wenn er log, und diesmal sagte er die Wahrheit.

Sie war nun vollends verwirrt. „Aber ganz zu Anfang", murmelte sie, „als du ganz neu im Dorf warst, da sagtest du ..."

„Ich sagte, dass ich des Mordes schuldig bin", nickte er. Seine Lippen waren jetzt sehr schmal und sehr blass. „Aber ich habe nie behauptet, ein Mörder zu sein."

Marie stieß ein Schnauben aus. „Was soll das jetzt sein? Haarspalterei? Wie kann ein Mann des Mordes schuldig sein, aber kein Mörder?"

Pierres Miene zerfiel in tausend winzige Scherben, und es gab Marie einen Stich mitten ins Herz. „Ich ..." Sie wusste nicht, was sie sagen sollte. „Verzeih", flüsterte sie schließlich.

Er reagierte nicht sofort. Dann – nachdem mehrere Minuten vergangen waren, in denen er nur dagestanden, in die Ferne gestarrt und mit der Mähne des Pferdes gespielt hatte – nickte er bedächtig. „Schon gut." Er machte kehrt, ging zu dem fremden Besucher in die Stube zurück.

Verwirrt und erfüllt von Angst sah Marie ihm nach.

„Hier, bitte." Antoine gab Pierre das gefüllte Glas mit seinem Urin.

„Danke." Bevor Pierre es sich genauer ansah, blickte er seinem Besucher und Patienten direkt ins Gesicht. „Was führt dich zu mir?", stellte er nun endlich die Frage, die ihm auf der Seele brannte, seit er Antoines Pferd draußen vor seinem Haus gesehen hatte.

„Ich sagte doch, ich bin krank. Und du giltst als einer der besten Ärzte."

Pierre machte eine wegwerfende Handbewegung. „Unsinn! Du würdest nicht den weiten Weg von Paris hierher ins Val-de-Travers geritten sein, nur um meinen medizinischen Rat zu hören!"

Antoines schmales, schweißbedecktes Gesicht verzog sich zu einem einseitigen Grinsen. „Ich komme nicht aus Paris. Ich komme direkt aus der Vendée."

Pierres Augen weiteten sich. Die Vendée lag im Osten Frankreichs, noch etliches weiter von Couvet entfernt als die Hauptstadt. „Hast du etwa ...?" Die Frage blieb ihm im Halse stecken.

Antoine senkte den Blick, als könne er nicht länger standhalten. „Der Aufstand in der Vendée." Er sprach jetzt so leise, dass Pierre ihn kaum noch verstehen konnte.

„Ich war einer der Generäle, die die Jakobiner gegen die Aufständischen geschickt haben."

Pierre nickte mechanisch. „Zur Verteidigung der Ziele der Revolution." Er hatte von den Aufständen in der Vendée gehört – und von den ungezählten Todesopfern, die der Krieg dort gefordert hatte. *Der Bürgerkrieg*, korrigierte er sich im Stillen. Franzosen hatten gegen Franzosen gekämpft, genau wie 1789, als er selbst dabei gewesen war.

Es war ein Bürgerkrieg gewesen.

„Zur Verteidigung der Ziele der Revolution", wiederholte Antoine. Er klang überraschend verbittert.

Pierre wartete, bis er den Blick wieder hob. „Warum bist du wirklich hier?" Er wurde sich des Glases in seiner Hand bewusst. Um seine Angst vor der Antwort zu verbergen, hob er es gegen das Licht und nahm eine schnelle Harnschau vor. Der Harn war dunkel. Sehr dunkel.

Ein weiteres schlechtes Zeichen.

Vorsichtig stellte Pierre das Glas auf dem Tisch ab. „Warum, Antoine?"

Antoine fuhr sich mit der Zunge über die Lippen. „Sie haben mich geschickt."

„Sie."

Antoine nickte.

„Die Jakobiner", murmelte Pierre.

„Das, was seit 1794 noch von ihnen übrig ist."

„Sie haben mir nicht vergeben, nicht wahr?" Pierres Hände hatten angefangen zu zittern. Er verschränkte sie hinter dem Rücken, damit Antoine es nicht sah.

„Sie vergeben niemandem." Antoine war zunehmend

blass geworden. Seine Zähne schlugen aufeinander, als er weitersprach. „Zur Verteidigung der Ziele der Revolution." Seine Stimme triefte vor Hohn, und Pierre gestattete sich einen kleinen Schimmer von Hoffnung.

„Dann bist du nicht hier, um mich ..."

„Doch!", unterbrach Antoine ihn. Mühsam erhob er sich. „Ich bin hier, weil sie deinen Tod verlangen ..." Seine Worte erstarben, seine Hand tastete nach dem Degen, der an seiner Seite hing, aber sie verfehlte den Griff und fasste ins Leere.

Im nächsten Moment wurde er ohnmächtig. Pierre konnte gerade noch hinzuspringen und ihn davor bewahren, hart auf dem Boden aufzuschlagen.

„Er will – was?" Marie glaubte, ihren Ohren nicht zu trauen. Fassungslos sah sie Pierre an.

Der zuckte resigniert die Achseln. „Er ist hier, weil ein Todesurteil über mich ausgesprochen wurde. Antoine soll es vollstrecken. Er soll mich töten."

Marie spürte, wie ihre Beine unter ihr nachzugeben drohten. Pierre sprang hinzu und schob ihr einen Stuhl hin, sodass sie sich setzen konnte. „Sag, dass das nicht wahr ist!", hauchte sie.

Er nickte. Es war wahr. Wort für Wort.

„Dieses Urteil ..." Er musste sich räuspern, um weitersprechen zu können. „Darum bin ich aus Paris weg und hierhergekommen."

In Maries Kopf überschlugen sich die Gedanken. Sie hatte gewusst, dass Pierre – *ihr* Pierre – vor etwas auf der Flucht war. Sie hatte es all die Jahre geahnt, und nachts, wenn er neben ihr gelegen und sich in seinen Alpträumen gewunden hatte, war sie sich sicher gewesen, dass er Todesängste auszustehen hatte.

Ihr Blick huschte zu dem Kerl, der in ihrem Bett lag. Der Schweiß auf seiner Stirn war verschwunden, dafür glühte seine Haut jetzt so heftig, dass Marie die Schmerzen, die der Mann erleiden musste, fast körperlich spüren konnte. Aber anders als sonst, wenn Pierre sich um seine Patienten kümmerte, empfand sie diesmal keinerlei Mitleid.

Der Mann war hier, um Pierre zu ermorden!

Herr im Himmel, steh uns bei!

„Was wirst du jetzt tun?", flüsterte sie.

Pierre warf einen weiteren Blick auf das Uringlas, das er seit mehreren Minuten sachte hin- und herschwenkte. „Was schon? Ihn gesund machen, was sonst?"

Antoine warf unruhig den Kopf von einer Seite auf die andere.

Marie starrte Pierre an. „Wie bitte?" Ihre Stimme klang dünn. Dünn und kraftlos. Das Herz hämmerte in ihrer Brust, dass sie es bis in ihre Kehle spüren konnte. „Das ist nicht dein Ernst!"

„Doch." Mit einer Geste, die sonderbar gleichgültig wirkte, stellte Pierre das Glas wieder weg. „Natürlich ist es das!"

„Du bist ein elender Narr!" Sie wollte sich erheben, aber es ging nicht. Sie klammerte beide Hände um die Sitzfläche ihres Stuhles, versuchte, sich in die Höhe zu stemmen, aber ihre Knie zitterten einfach zu sehr. Schließlich gab sie es auf. „Narr!", wiederholte sie.

Pierre hob eine Augenbraue. „Was soll ich denn deiner Meinung nach tun? Ihn sterben lassen?"

Marie nickte und konnte es selbst nicht glauben. „Nein",

murmelte sie. „Natürlich nicht." Sie hatte durch Pierre zum ersten Mal in ihrem Leben vom Hippokratischen Eid gehört, und sie erinnerte sich noch gut daran, wie fasziniert sie von der Idee gewesen war, Menschen zu helfen. Sie hatte sich auch deswegen so rasch und heftig in Pierre verliebt, weil er Menschen das Leben rettete. Doch jetzt – in diesem Moment – fühlte sie sich innerlich wie zerrissen. „Wird er ..." Sie zögerte, suchte nach den richtigen Worten. „Wird er seinen Befehl trotzdem ausführen, auch wenn du ihm das Leben rettest?"

Pierres Blick flackerte unsicher. Er wusste es auch nicht genau, dachte sie. Aber er fürchtet es. Und trotzdem kam ihm nicht in den Sinn, diesem Antoine seine Hilfe zu verweigern. *Was, wenn er sterben würde ...* Ihr Herz setzte einen Schlag lang aus und schlug dann mit doppelter Wucht weiter.

Sie wartete auf eine Antwort, aber sie erhielt sie nicht. So gequält sah Pierre aus, dass sie beschloss, für eine Weile das Thema zu wechseln. „Was glaubst du, hat er?"

Pierres Blick huschte von ihrem Patienten zu dem Glas mit dunklem Urin. „Ich vermute, Wechselfieber." Plötzlich glühte auch er, aber vor Begeisterung über seinen unverhofften Patienten. Marie wusste, dass er seit Jahren auf eine Gelegenheit wartete, zu beweisen, dass sein *Elixir Vert* gegen diese tödliche Krankheit half. „Vielleicht Schwarzwasserfieber."

Marie nickte. Fieberanfälle, die mit starker Schweißabsonderung begannen und dann mit einem Glühen der Haut voranschritten. Und der schwarze Urin. Sie hatte in den vergangenen vier Jahren genug von Pierre gelernt, um zu wissen, dass er mit seiner Diagnose wahrscheinlich richtig lag. „Du glaubst, dass du ihm helfen kannst, nicht wahr?"

Er antwortete nicht, aber sie ahnte, was er dachte. Er verspürte Dankbarkeit. Wie lange schon hatte er um einen Patienten gebetet, durch den er beweisen konnte, wie wirkmächtig seine Medizin war?

Offenbar hatte Gott nun seine Gebete erhört – wenn auch mit dem ihm eigenen, sonderbaren Humor, mit dem er es manchmal zu tun pflegte.

„Sieh mich an!", bat sie.

Pierre hob langsam den Kopf. Seine Augen waren rot. Müde sah er aus. Zu Tode erschöpft. „Selbst wenn es nicht das Fieber wäre, das er hat, Marie", flüsterte er. „Ich könnte ihn nicht einfach seinem Schicksal überlassen. Was für ein Arzt wäre ich, wenn ich es täte?"

Eine weitere Frage lag ihr auf der Zunge, aber sie kam nicht dazu, sie auszusprechen, denn er redete bereits weiter.

„Ich bin einmal am Tod eines Menschen schuldig geworden. Ich habe geschworen, dass das niemals wieder vorkommen wird, egal, was es mich kosten mag."

Marie schluckte. „Dieser Mensch", fragte sie leise, „an dessen Mord du schuldig geworden bist ... Wer war er?" Eine Gänsehaut lief ihr vom Scheitel bis zum Steißbein hinunter, weil sie der Lösung dieses Rätsels, das ihn umgab, noch niemals zuvor so nahe gewesen war, wie in diesem Augenblick.

Pierres Lippen teilten sich, schlossen sich wieder.

Marie fürchtete schon, er würde ihr die Antwort erneut schuldig bleiben, aber dann hob er eine Hand an die Augen. Rieb sich die Lider.

Seine Stimme war nur ein Hauch, als er sagte: „Es war Louis Seize. Der König von Frankreich."

Maries Hände taten die vertraute Arbeit von allein, während ihre Gedanken einen wilden Tanz aufführten. Sie zerrupfte den Wermut, den sie soeben gepflückt hatte, und füllte ihn in ein großes Tongefäß. Dann zerrieb sie in einem Mörser Anis und Fenchel zu einer breiigen Paste, die sie ebenfalls in das Gefäß füllte. Anschließend goss sie so viel Alkohol darauf, dass alles zwei Fingerbreit bedeckt war und verschloss das Gefäß mit einem Stopfen.

Die Destillationsanlage hinter ihr, die Pierre wie stets eigenhändig bediente, simmerte leise vor sich hin.

Seit drei Tagen nun behandelten sie ihren unfreiwilligen Gast schon mit Pierres *Elixir Vert*, und die Kur zeigte tatsächlich verblüffende Erfolge. Das Fieber war gesunken und am dritten Tag nur einmal und sehr schwach wiedergekehrt. Der Urin des Patienten hatte wieder eine gesunde gelbe Farbe angenommen, und ganz allgemein befand sich Antoine auf dem Weg der Besserung.

Marie war während dieser Tage wie auf heißen Kohlen im Haus herumgeschlichen. Zum einen natürlich, weil sie fürchtete, was geschehen würde, sobald ihr Patient kräftig genug zum Aufstehen war. Vorsorglich hatte sie darum seinen Degen an sich genommen und ihn in dem großen Schrank in der Küche eingeschlossen. Aber der eigentliche Grund für ihre Unruhe war das, was Pierre ihr vor drei Tagen gebeichtet hatte.

Er war schuldig am Tod des französischen Königs geworden? Es war Marie unmöglich, das zu glauben! Sie wusste nicht allzu viel über die Revolution, die in

Frankreich stattgefunden hatte, aber sie wusste immerhin, dass man den König Anfang 1793 hingerichtet hatte – mit einer dieser grausigen Maschinen, die ein Kollege von Pierre, ein gewisser Dr. Guillotin, erfunden hatte und als Werk der Menschlichkeit pries.

Menschlich! Marie schnaubte, während sie weitere Wermutstängel nahm und anfing, auch sie zu zerkleinern. Wie konnte es menschlich sein, jemandem den Kopf von den Schultern zu trennen?

Pierre sah von seiner Arbeit auf. Sein Blick war fragend, und das war immerhin ein Fortschritt, denn seitdem dieser Antoine hier aufgetaucht war, war Pierre ihr eher wortkarg und abwesend erschienen.

„Worüber denkst du nach?", erkundigte er sich nun.

Marie beschloss, sein unerwartetes Interesse auszunutzen. „Über die Revolution in Frankreich", gestand sie.

Pierres Miene verfinsterte sich. Es war deutlich, dass er gehofft hatte, sie werde das Thema einfach auf sich beruhen lassen.

Doch da kannte er Marie schlecht. „Wie willst du am Tod des Königs schuldig geworden sein?", fragte sie rasch, bevor sie der Mut verließ.

Pierre hob eine Hand, wie um die Frage vom Tisch zu wischen, doch eine Stimme hinter Marie sagte: „Er gehörte dem Konvent an, der Louis zum Tode verurteilte."

Mit einem Ruck fuhr sie herum. Antoine war aufgewacht und hatte sich von seinem Krankenlager erhoben!

Er war immer noch blass, aber er wirkte kräftiger als all die Tage zuvor. Seine Augen glänzten nicht mehr fiebrig, und obwohl er sich am Türrahmen festhalten musste, wirkte er entschlossen und tatkräftig.

Marie presste eine Hand auf ihren Mund.

„Keine Angst", beruhigte sie Pierre. „Er wird mir nichts tun." Aber in seinem Blick flackerte ein fragender Ausdruck, der Marie zeigte, dass er sich dessen nicht wirklich sicher war.

„Nein", sagte Antoine. „Das werde ich nicht." Er kehrte zu seinem Lager zurück, ließ sich mit einem Seufzen darauf nieder und lehnte sich an das Betthaupt.

„Aber ich bin sicher, dass ich nicht der einzige bin, der Jagd auf dich macht."

Pierre nickte düster, und in diesem Augenblick wusste Marie, dass sie ihn verlieren würde.

„Was geht hier vor?", flüsterte sie. Tränen drängten sich hinter ihre Lider, und diesmal zwinkerte sie sie nicht fort.

Und nun – nach so vielen Jahren endlich – erzählte Pierre es ihr.

Alles.

Er war Teil der Revolution gewesen. Durch einen Zufall hatte er sich an jenem Tag in der Nähe der Bastille befunden, als das Volk sich gegen dieses Bollwerk der Monarchie erhob, und ohne es recht zu wollen, war er in den Kampf hineingezogen worden. Und ebenfalls durch Zufall hatte er dabei Antoine Joseph Santerre getroffen und ihn vor der tödlichen Klinge eines Bajonetts bewahrt. Aus dieser Begegnung war eine Freundschaft erwachsen. Antoine hatte drei Jahre später dafür gesorgt, dass Pierre mit ihm gemeinsam in das neue Parlament gewählt wurde, den sogenannten Konvent.

„Da hielt ich es noch für eine gute Sache", sagte Pierre düster zu Marie. „Aber als es darum ging, zu entscheiden, was mit dem König geschehen sollte, begriff ich, dass es nicht um einen gerechten Prozess gehen würde."

Antoine stieß ein leises, bitteres Lachen aus. „Für die Revolution war es notwendig, dass Louis starb", murmelte er.

Marie hatte nicht das Gefühl, dass er meinte, was er sagte, aber bevor sie fragen konnte, was er wirklich dachte, fuhr Pierre bereits fort: „Ja. Ich erinnere mich an die Brandrede von Robespierre. *Louis muss sterben, weil das Vaterland leben muss*, sagte er."

Marie blickte von einem zum anderen, ohne zu verstehen.

Antoine erklärte es ihr. „Nach dem damaligen Recht galt der König noch als heilig und unverletzlich, aber die Revolution hatte ihn trotzdem festgenommen. Wenn der Konvent ihn nun für unschuldig erklärt hätte, hätte das bedeutet, dass die Revolution ihn unrechtmäßig vom Thron gestoßen hatte. Das durfte natürlich auf keinen Fall sein."

„Weil es die Revolution gefährdet hätte", ergänzte Pierre.

Marie begann zu begreifen. „Dann stand von Anfang an fest, dass er sterben musste."

Pierre schüttelte den Kopf. „Nicht ganz. Jeder Angehörige des Konvents sollte selbst entscheiden."

Eine lange, quälende Pause entstand.

„Und?", fragte Marie endlich. „Wofür hast du gestimmt?"

Pierre stützte den Kopf in beide Hände. Es war eine Geste, die sehr erschöpft aussah. „Für gar nichts. Ich habe den Konvent verlassen, bevor es zur Abstimmung kam."

„Er war nicht der Einzige. Robespierre und die anderen hielten es für Verrat", fuhr Antoine fort. „Darum erging der Befehl, die Verräter zu jagen und zu töten."

Marie nickte langsam. „Und das war der Grund, warum du aus Frankreich geflohen bist und hierherkamst." Sie dachte nach. „Aber was ich nicht verstehe: Warum bist du der Meinung, dass du am Tod von Louis schuldig geworden bist? Du hast nicht mit abgestimmt."

Pierre hob den Kopf. „Jede Nacht, wenn ich diesen Alptraum habe", sagte er, „sehe ich mich vor dem Konvent stehen und meine Stimme abgeben. Ich halte eine Rede darüber, wie heilig uns das Leben sein sollte, und dann sehe ich, wie ich einige der anderen Parlamentsmitglieder überzeuge, zugunsten des Königs zu stimmen." Er stieß ein gequältes Stöhnen aus. „Die Abstimmung war denkbar knapp, Marie."

Antoine wusste die genauen Zahlen. „387 Abgeordnete stimmten gegen den König, 334 für ihn."

„Wenn ich nicht feige gewesen wäre, wenn ich meine Rede gehalten hätte, hätte ich vielleicht verhindern können, dass ..."

Antoine brachte ihn mit einer freundschaftlichen Geste zum Schweigen. „Du hättest nicht das Geringste tun können. Du wärest vermutlich eher Gefahr gelaufen, selbst unter der Guillotine zu landen, wie viele andere auch." Er lächelte wehmütig. „Zum Wohle der Revolution."

Lange Zeit saßen die beiden Männer da und starrten schweigend vor sich hin. Marie wusste nicht recht, was sie denken sollte. War die Gefahr, in der sich Pierre durch Antoines Auftauchen gewähnt hatte, nun gebannt oder nicht?

Ängstlich wartete sie auf eine Entscheidung.

Schließlich lehnte Antoine den Kopf gegen die Wand und schloss die Augen. „Ich danke dir", murmelte er. „Du hast mir erneut das Leben gerettet, obwohl du wusstest, weswegen ich hergekommen bin."

„Was hat deine Meinung über die Revolution geändert?", fragte Pierre.

„Der Aufstand in der Vendée. Wir haben ihn niedergeschlagen. Mit Waffengewalt sind wir gegen Bauern vorgegangen, die nichts weiter wollten, als ihre Familien mit bezahlbarem Brot versorgen zu können. Diese Männer und Frauen in der Vendée: Sie waren nicht anders als wir, die damals die Bastille gestürmt haben. Aber wie der König starben sie – wie es hieß – zum Wohle der Revolution."

Die Worte hingen eine Weile lang unheilschwanger in der Luft, und Marie konnte die Bitterkeit spüren, die dieser hagere, blasse Fremde empfinden musste. Schließlich stand Pierre auf, ging an den Schrank und entnahm ihm zwei Gläser und eine Flasche mit klarem Schnaps. Er goss beide Gläser voll, eines davon gab er Antoine.

„Auf was trinken wir?", fragte Antoine.

Pierre wandte sich um. „Auf Marie!", sagte er.

Sein Gesicht war sonderbar traurig.

Sie fand den Brief ein paar Tage später auf seinem Kopfkissen. Antoine hatte Couvet bereits am Tag zuvor verlassen. Er hatte Pierre umarmt und ihm noch einmal für sein Leben gedankt. Danach hatten die beiden lange beisammengesessen und geredet, bevor Antoine auf sein Pferd gestiegen und davongeritten war.

Pierre war still und in sich gekehrt zurückgeblieben.

Als Marie den Brief zur Hand nahm, wusste sie bereits, dass er gegangen war. Ohne den Brief zu öffnen, ging sie in den Stall. Roquette war fort, das Sattelzeug ebenfalls. Und auch Pierres Taschen.

Mit tränenblinden Augen erbrach sie das Siegel und faltete den Brief auseinander.

„Liebste Marie", las sie. „Wenn Antoine mich gefunden hat, werden es auch andere tun. Ich weiß jetzt, dass mein *Elixir Vert* in der Lage ist, das Wechselfieber zu heilen, aber ich weiß auch, dass ich es nicht riskieren kann, es der Welt bekannt zu machen, wenn ich nicht bis ans Ende meines Lebens in Angst leben will. Aus diesem Grund überlasse ich es dir, Marie, zu entscheiden, was mit dem Rezept geschehen soll. Kehre zu deiner Mutter zurück, sie ist heilkräuterkundig. Sie wird wissen, was zu tun ist. Und um noch eines bitte ich dich: Verzeih mir, dass ich dich einfach hier zurücklasse. Du musst mir glauben, es ist das Beste so. Ich möchte auf keinen Fall erneut ohne eigenes Zutun des Mordes schuldig werden. Denn das wäre der Fall, wenn sie kommen und mich in deinem Bett finden würden. Die Revolution ist gierig, Marie. Sie frisst viele, die ihr in die Quere kommen, sogar ihre Kinder. Aber sie wird das Rezept meines *Elixir Vert* nicht fressen. Versprich mir das!

Ich liebe dich. Au revoir, P."

Pierre war froh darüber, dass Roquette so trittsicher war. Er jagte das kleine Korsenpferd über die schmalen Pfade des Val-de-Travers in Richtung Norden, fort von Marie, fort von dem Leben, in dem er sich so komfortabel eingerichtet

31

hatte. Und alles, was er tun konnte, war, sich einzureden, dass es der scharfe Ritt war, der ihm die Tränen in die Augen trieb.

ZUR GESCHICHTE DER GESCHICHTE

Dr. Pierre Ordinaire gilt als „Erfinder" des Absinth. Verbindungen Ordinaires mit der Französischen Revolution und seine Freundschaft mit dem – allerdings historisch belegten – Bierbrauer und Möchtegern-General Antoine Joseph Santerre sind jedoch fiktiv und basieren auf Quellen, denen zufolge Ordinaire eventuell vor der Französischen Revolution auf der Flucht war. Auch über Mme Henriod gibt es widersprüchliche Theorien. Die einen behaupten, sie habe bereits in den 50er-Jahren des 18. Jahrhunderts Absinth hergestellt und Ordinaire habe ihre Rezepte nur verbessert. An anderer Stelle wiederum ist zu lesen, dass Ordinaires Rezept erst nach seinem Tod in die Hände der „jungen Henriod-Damen" fiel und diese es dann weiterverkauften.

Ob das Rezept Ordinaires tatsächlich in der Lage war, das Wechsel- oder das Schwarzwasserfieber (heute Malaria genannt) zu heilen, ist umstritten. Sicher weiß man allerdings, dass während der Napoleonischen Kriege die Soldaten mit dem Elixier gegen genau diese Krankheit behandelt wurden.

Christiane Güth

MILCHKRIEG

Mittwoch, 12. Februar 1913,
Kantonales Amtsgericht zu Zinggen

Da sitzt er, mein Reto, auf der Anklagebank in seinem braunen Kittel. Recht so, denke ich, der kleine Denkzettel wird ihm guttun. Obwohl – ein bisschen freundlicher könnten sie ihn schon behandeln. Haben ihm Handschellen angelegt. Er ist doch kein Schwerverbrecher. Mit Ringen unter den Augen und die Haare stehen ihm ab. Hat ihm denn niemand gesagt, dass er sich vor der Verhandlung hätt zurechtmachen können? Wenn er so im Laden stünde, liefen sie davon, unsere Kunden.

„Bei einem Schmutzfink kaufen wir keine Milch", würden sie sagen und nicht mehr wiederkommen. Aber zum Glück steh ja ich hinter dem Tresen. Jeden Tag mit einer sauberen, gestärkten Schürze. Sogar sonntags, damit es zum Kuchen frische Sahne gibt. Den feinen Herrschaften bringe ich die Ware sogar ins Haus. Dafür nehme ich den Handkarren. Und der Reto? Der holt die Milch mit der Kutsche von der Molkerei ab und spült die Kannen. Bis letzten Sommer waren es acht oder zehn, die er auf seiner frühen Tour hatte. An Weihnachten standen plötzlich fünfzehn Kannen auf unserem Anhänger. Ich wusste sofort, dass es nicht nur Milch war. Kurz nach Neujahr ist eine umgefallen und es war eine Schinderei, die grüne Suppe vom Holz zu wischen. Der Geruch hätt uns beinah verraten.

„Reto", habe ich zu ihm gesagt, „du machst doch keinen Unfug, oder?"

Reto hatte gelächelt und mir ein neues Paar Schuhe versprochen. Und einen Ausflug zu unserer kleinen Hütte am Gransersee. Dann hatte er gemeint: „Der Kampf um den Milchpreis macht uns kaputt. Da ist gegen ein kleines Zubrot nichts einzuwenden."

„Übertreib es nicht", hab ich ihn gewarnt. Über die feinen Schuhe habe ich mich gefreut, aber dann ging Reto zu weit. „Es ist wie im Krieg", sagte er immer wieder und wollte nicht auf mich hören. Wurde unvorsichtig, vor allem, weil der Absinth ihm so gut schmeckt und er seither selbst zu viel trinkt von der „grünen Quelle". Plappert im Rausch Dinge aus, die niemanden was angehen. Reto war halt nie der Schlaueste. Im Gegensatz zu mir. Wer weiß, wie lange der Kampf zwischen den Bauern, Käsereien und Genossenschaften noch anhält? Schreiben uns die Preise vor und wir stehen zwischen den Fronten. Nur – bevor der Reto im Suff unseren Laden aufs Spiel setzt, musste ich ihn aufhalten. Mein Brief an den Gendarmen Fraihinger hat funktioniert. Letzte Woche haben sie Retos Wagen beschlagnahmt.

Jetzt geht es weiter im Prozess. Der Herr Amtsrichter von Schachertsried verliest die Anklage und der Reto schaut traurig zu Boden. Wenn er wüsste, dass ihm nichts passiert, würd er nicht so krumm dasitzen. Ein bisschen tut er mir leid, aber ich weiß, dass er ohne die richterliche Verwarnung nicht zur Besinnung kommt. Wer nicht hören will, muss zahlen, sage ich immer. Hab mich vorher genau erkundigt. Das Strafgeld haben wir längst verdient. Ich hoffe nur, dass der Reto daraus lernt und auch nicht mehr so viel trinkt von dem grünen Zeug.

Der Herr Amtsrichter erzählt in dieser juristischen Sprache alles, was ich schon weiß. „Artikel 433 des Schweizer Gesetzes zum Verbot von Absinth: Fabrikation, Einfuhr, Transport, Verkauf und Aufbewahrung zum Zwecke des Verkaufs oder Nachahmungen von Absinth sind verboten."

Ah so, das mit den Nachahmungen wusste ich dann doch nicht. Er erzählt etwas von Anis und Fenchel, einer Verdünnung mit 14 Volumenanteilen destilliertem Wasser, von 20 Grad und einer Trübung, die auch bei weiterer Wasserzugabe nicht verschwindet. Wer soll denn das verstehen? Mindestens 45 Prozent Ethylalkohol muss es haben. Eine Wissenschaft scheint das zu sein.

Der Herr von Schachertsried kann viel verlesen, Hauptsache, der Reto kommt nach der Zahlung gleich wieder frei. Noch viel länger kann ich das Geschäft nicht allein weiterführen. Waren ja nur zwei Milchkannen, die sie gefunden haben.

Donnerstag, 13. Februar 1913,
Kantonales Amtsgericht zu Zinggen

Dass die Verhandlung auf mehrere Tage verteilt wird, hab ich erst gestern erfahren. So eine Anhörung ist doch schnell erledigt, dacht ich. Trotzdem hab ich gut geschlafen. Nicht mehr lange, und ich kann meinen Reto wieder mit nach Hause nehmen. Gleich wird es spannend. Habe noch nie eine Urteilsverkündung mit angehört. Der Reto hockt wieder steif auf seiner Bank. Das Hemd knittrig wie altes Leinen. Kein schöner Anblick.

Der Herr Amtsrichter mahnt zur Ruhe und bittet den Gendarmen Fraihinger in den Zeugenstand. Der schaut in die Runde und meint, er habe keine Ahnung, wer ihm diesen Brief geschrieben hat. So sollte es sein, denke ich. Schon darf Fraihinger wieder gehen.

Wer wird jetzt hereingebeten? Ein Jakob Bäfli? Den unrasierten Kerl kenn ich nicht. Wie der schon aussieht! Dass er sich mit Löchern in der Hose hier reintraut. Was hat er denn zu sagen?

Mir wird plötzlich so warm.

Einen Holzschuppen haben sie gebaut? Draußen beim Riedusfeld? Unter der Erde gibt es ein weiteres Lager? Im Billersforst?

Was will dieser Mann? Hat doch mit meinem Reto nichts zu schaffen!

Ich schlucke.

Der Herr Amtsrichter zeigt eine Landkarte. Über die Grenze seien sie gefahren. Wie oft, will er von diesem Bäfli wissen. Der kann sich nicht genau erinnern, es sei ja immer der Reto kutschiert. Überhaupt sei der Reto der Anführer gewesen.

Mir dreht sich der Magen um. Reto schlägt sich die Hände vors Gesicht. Mein Reto, ein Anführer?

Ohne nachzudenken, spring ich auf.

„Ein Missverständnis ist das!", ruf ich in den Saal.

Der Herr Amtsrichter schaut mich grimmig an. Reto

dreht sich zu mir und zuckt mit den Schultern. In seinen Augen sehe ich Tränen.

Was ich mir dabei denke, einfach dazwischenzurufen, ermahnt mich der Herr von Schachertsried und sagt etwas Unglaubliches: Als der Herr Fraihinger den Brief aufs Revier brachte, erinnerte ein Kollege sich an den Reto! Hatte ihn gesehen, wie er zwei oder drei Mal am Tag an seinem Haus am Riedusfeld entlang kutschiert sei. Dort, wo sonst nie ein Milchmann herkäme; die Molkerei liege schließlich auf der anderen Seite der Stadt. Dann seien die Polizisten dem Reto gefolgt. Am Schuppen wartete schon der Jakob Bäfli auf ihn, füllte die Fässer um und verlud die Kannen.

Was fällt dem Herrn Amtsrichter ein, so über meinen Reto zu sprechen?

Freitag, 14. Februar 1913,
Kantonales Amtsgericht zu Zinggen

Letzte Nacht konnte ich nicht schlafen. War aber auch kaum zu Hause. Schließlich habe ich zwei wichtige Dinge erledigt.

Zuerst bin ich rausgefahren. Mit der Wagonette. Der Anhänger ist noch im Gewahrsam. Es war so kalt. Auf dem matschigen Weg bin ich zwei Mal steckengeblieben. Zum Glück konnte ich mich noch an die Strecke zum Gransersee erinnern. Die Dunkelheit hat mir nichts ausgemacht. So schnell lass ich mich nicht unterkriegen.

Unsere Hütte liegt nur fünfzig Meter vom Ufer entfernt, aber kaum jemand verirrt sich dorthin. Die Worte vom Bäfli haben mir keine Ruhe gelassen. Der Reto, ein

Anführer! Hat er mich die ganze Zeit über an der Nase herumgeführt? Das kann er doch nicht tun! Nicht mit mir!

Ich wusste, wenn ich etwas finden würde, dann in unserer Hütte. Zu Hause hätte der Reto nichts versteckt. Niemals! Das hätte ich mitbekommen!

Meinte wohl, ich komme nicht allein zur Hütte. Dort lag alles offen auf dem Tisch. Hat der Reto einfach liegenlassen.

Wer schlauer ist, zeigt sich immer erst am Ende, habe ich da gedacht.

Über meinen Besuch heut früh um halb acht hat der Apotheker Bühler sich sehr gewundert. Der mag mich. Schaut mich immer so lang an. Und wenn ich bezahle, drückt er jedes Mal meine Hand so fest, als wollte er sie gar nicht mehr loslassen. Erst letzte Woche hat er gesagt, wenn ich einmal Hilfe brauche, sei er zur Stelle.

Für seinen freundschaftlichen Rat am Morgen bekommt er das nächste halbe Jahr die Milch und die Sahne umsonst. Egal, wie unser Krieg ausgeht.

Bevor ich in den Gerichtssaal gegangen bin, hab ich mich beim Vorsteher gemeldet. Ich hätt da was zu sagen, das den Herrn von Schachertsried interessieren tät, hab ich ihm gesagt.

Jetzt warte ich darauf, in den Zeugenstand gerufen zu werden. Trage extra meine feinen neuen Schuhe.

Die Tür geht auf. Ich gehe durch bis zum Amtsrichter, leiste meinen Eid und setze mich auf den Platz, den er mir zuweist.

Von hier aus sieht alles so anders aus. Dem Reto steht die Hoffnung ins Gesicht geschrieben. Alles wird gut, denke ich, und lächle ihn an, diesen Dummkopf.

Nein, Herr Amtsrichter, von den Schmuggglereien meines Mannes hab ich nichts gewusst. Wie auch? Ich steh tagein, tagaus im Milchladen; ob der Herr Amtsrichter nicht wüsste, dass Milch und Sahne immer frisch verkauft werden müssen. Selbst sonntags.

Der Reto schmunzelt.

Letzte Woche allerdings hab ich mich gewundert. Über eine Liste, die ich zufällig in der Kannenwaschküche gefunden habe.

Ein kurzer Blick auf den Reto genügt und ich sehe, dass ihm sein Schmunzeln vergeht. Der Mund steht ihm offen. Dass er sich beim Nachdenken anstrengen muss, war ihm schon immer anzusehen.

Und gestern dann, nach der Aussage von Herrn Bäfli, sei mir klar geworden, was es mit den Namen auf dieser Liste auf sich habe. Kunden seien das! Und Auftraggeber!

Nein, nicht von der Milch, sondern vom Absinth. Und große Mengen haben manche von ihnen bestellt.

Ich zieh die Liste aus meiner Tasche und blättre die Seiten durch.

Der Herr Amtsrichter sieht mich interessiert an und steht auf.

Bevor er sie mir aus der Hand nehmen kann, lese ich vor.

Siebenunddreißig Namen in acht Ortschaften. Von A wie Dr. Halder in Alerswil bis Z wie von Schachertsried in Zinggen. Natürlich fange ich von hinten an.

Als ich mit der Liste durch bin, schau ich in die Runde.

Der Reto ist ganz still, der Herr Amtsrichter wischt sich mit seinem feinen Ärmelstoff die Schweißtropfen von der Stirn und die Gendarmen sehen sich an.

Ich glaub, sie wissen nicht, was sie tun sollen.

Zum Glück weiß ich, was ich tun muss: Sobald ich hier raus bin, geh ich nach Hause und studier die Anleitung vom Apotheker Bühler!

Wenn der Reto ins Zuchthaus wandert, muss ich mich um meine Existenz kümmern. Ohne Retos Arbeitskraft reichen die Einkünfte vom Geschäft nicht aus. Wer weiß, wie lang der Milchkrieg noch dauert.

Die Angelegenheit mit den 14 Volumeneinheiten destillierten Wassers bei 20 Grad und 45 Prozent Alkohol kann nicht so schwer sein.

Und der Bühler wird sich freuen, wenn er mir helfen darf – in seinem eleganten langen, weißen Kittel.

ZUR GESCHICHTE DER GESCHICHTE

Die Schweiz ist – sozusagen – das Mutterland des Absinth; die Destillation wurde dort trotz aller Verbote nie eingestellt. Eine Einwohnerin des Val-de-Travers namens Berthe Zurbuchen soll – als sie zu einer Geldstrafe wegen Schwarzbrennerei verurteilt wurde – den Richter gefragt haben, ob sie noch im Gerichtssaal zahlen solle oder erst, wenn der Herr Richter das nächste Mal bei ihr vorbeikäme, um sich seine Flasche abzuholen.

Sog. „Milchkriege", bei denen die Milchbauern gegen die willkürliche Preispolitik der Milchverbände protestierten, gab es zu Beginn des Jahrhunderts nicht nur in der Schweiz.

Aje Andrea Brücken

VOM GLÜCK UND
UNGLÜCK AM RANDE
DES ABGRUNDS

Frida Schilling steht auf dem Dach der väterlichen Villa
und wühlt sich angestrengt mit dem Fernrohr in den
bedeckten Nachthimmel. Doch der gibt sein Geheimnis
nicht preis.

Noch fünf Tage. Seufzend kriecht Frida zurück ins Bett
und sinnt über ihr Leben nach. Eigentlich waren bis jetzt
alle Tage ihres dreiundzwanzigjährigen Lebens belang-
los, denkt sie fatalistisch. Die Träume der Nacht hingegen
bedeuten ihr alles.

Schon als kleines Mädchen träumte Frida davon, tot zu
sein. Immer geschah es ganz von selbst. Ein großer Stein,
der auf sie fiel, die Postkutsche, die sie überfuhr. Der hohe
Ast ihrer Lieblingseiche, der mit ihr zu Boden stürzte und
sie aufspießte. Ein ungesichertes Baugerüst, ja, im Traum
reichte sogar der blecherne Putzeimer der Hausgehilfin,
der sie hart am Kopf traf und schon war es da – dieses
wohlig warme Gefühl, die schwarze Finsternis und eine
unendliche Stille.

Fridas Persönlichkeit entwickelte sich anders als bei gleichaltrigen Mädchen, die es liebten, Belanglosigkeiten auszutauschen und mit Hingabe ihre ersten Tanzschritte übten. Auch das gegenseitige Kartenlegen, um eine möglichst gute Partie zu angeln und die immer wieder auftauchenden Modefragen entsprachen nicht ihren Interessen.

Ihre Mutter starb bei ihrer Geburt, zu früh für Frida, um sich an sie zu erinnern. Georg – ihr Vater – zog es vor, nicht wieder zu heiraten, und so wuchs Frida, von Amme und Gouvernante rührend umsorgt, zu einer klugen jungen Frau heran. Da dem Vater der Sohn versagt blieb, unterstützte er Fridas Wissensdrang und träumte von ihren zukünftigen Erfolgen. Lehrerinnenausbildung? Ein Studium im Ausland? Doch Frida schob die Entscheidung auf. Momentan war sie mit ihrem Selbststudium zu Hause höchst zufrieden. Bald wurden Sprachen, Astronomie und Geschichte, besonders die des Mittelalters – mit speziellem Augenmerk auf Paracelsus und Nostradamus – ihre Spezialgebiete.

Frida lebt ein perfektes Doppelleben. Am Tag ist sie die wissbegierige Tochter, die mit dem Vater Konversation treibt und so manches Mal mit ihm über mittelalterliche Heilmethoden philosophiert. Von ihren nächtlichen Streifzügen ahnt der Vater nichts. Oder doch?

Nachts durchstreift Frida als „Konrad" die Wiesen und Wälder um Meißen, manchmal sogar zu Pferd, immer auf der Suche nach einer ordentlichen Mutprobe. Sie überquert reißende Flüsse, harrt die Nacht im Wald nahe der Moritzburg aus. Sie schließt Freundschaft mit Pepe und seiner Zigeunerfamilie, deren Liedern sie gerne lauscht.

Das Schicksal herausfordern, nennt Frida ihr nächtliches Treiben.

Einmal geriet Frida sogar in eine Räuberhorde. Bei deren Gruselgeschichten am Lagerfeuer kribbelte es in ihrem Bauch. Ob das ihre letzte Stunde sein würde? Doch nein, die Herren Räuber, übertölpelt von ihrer Wichtigkeit, besoffen von Schnaps und Bier, übermannte der Schlaf.

Ihren Eigensinn hat Frida vom Vater geerbt, der in Meißen die angesehene Schilling'sche Arztpraxis betreibt.

Als Arzt ist er gewissenhaft und beliebt. Von seiner eigenwilligen Neigung zum Erforschen, die auch vor Selbstversuchen nicht haltmacht, ahnen seine Patienten allerdings nichts. Offiziell geht es dabei um die Wirkung von Alkaloiden. Um seine wissenschaftlichen Studien voranzutreiben, raucht Georg sogar Rhabarberblätter. Doch auch Selbstversuche mit Opiaten und den verschiedensten Absinthrezepturen sind feste Bestandteile der in seinem Hause stattfindenden Kollegentreffen.

Ein einziges Mal lässt Georg seine Tochter dabei sein und so lernt Frida schon früh die Wirkung der „Grünen Fee" kennen.

Georg hat es keineswegs eilig, seine Tochter zu verheiraten. Und zwar aus einem gänzlich egoistischen Grund: weil er nicht auf sie verzichten will. Eine Tatsache, die Frida sehr zupass kommt.

Fridas geheimes Doppelleben macht sie in gewisser Weise einsam. Sie begegnet den Menschen freundlich distanziert, Standesdünkel ist ihr fremd. Doch ihr Herz hat noch keiner berührt; nur ihrem Vater ist sie zugetan. Selbst Hand an sich zu legen kommt Frida nie in den Sinn, denn sie lebt in der Gewissheit, dass es von selbst passieren wird. Nur diese schreckliche Ungewissheit, wann, raubt ihr so manche Nacht den Schlaf.

Mit dieser Ungewissheit ist es nun vorbei. Der Arm Gottes würde sie höchstpersönlich holen. Dann, wenn der Schweif des Halleyschen Kometen die Erde vollständig umhüllt und sich die giftigen Blausäuregase in die Atmosphäre ergießen.

Im Traum hatte Frida es schon mit überwältigender Klarheit durchlebt: emporgehoben, einer Wolke gleich, die vom Wind getrieben durch die herrliche Nachtluft weht. Leicht und immer leichter und still. Unendlich still.

Nur ein paar Tage bleiben ihr noch. Sie tanzt leichtfüßig vor sich hin summend durch das Haus, so fröhlich, dass die Hausgehilfin glaubt, Frida sei eine andere.

Das freudige Ereignis will Frida fern vom väterlichen Haushalt erleben. Als Ziel hat sie sich dafür Berlin auserkoren. Dem Vater, der einige Tage auf einem Ärztekongress in Hannover weilt, hinterlässt sie zwei liebevoll geflunkerte Briefe. Einen von seiner Schwester aus Berlin, die sich angeblich nicht wohlfühlt und Frida um Unterstützung bittet, und einen von Frida selbst. Sie sei nach Berlin gefahren, um ihrer Tante Agathe zur Seite zu stehen. Alles in allem nichts Ungewöhnliches, Frida und Tante Agathe hatten schon immer ein inniges Verhältnis. Ihr Vater würde keinen Verdacht schöpfen. Mit leichtem Gepäck, all ihren Ersparnissen und Rainer Maria Rilkes Stunden-buch als Lektüre im Gepäck, trifft sie nach einer unbe-quemen Zugfahrt über Dresden am Anhalter Bahnhof in Berlin ein. Weiter geht es mit der Pferdedroschke zum Hotel Victoria Unter den Linden. Selbstbewusst mietet sich Frida dort eine Suite mit Blick auf die Prachtstraße.

Als sie später durch das sonnendurchflutete Branden-burger Tor schreitet, um durch den Thiergarten zu flanieren, ist ihr, als habe sich das Tor zu einer neuen Welt geöffnet. Eine erwartungsvolle, fast fiebrige Erfüllungs-sehnsucht ergreift von ihr Besitz. Als sei Frida nun alles erlaubt, wonach ihr der Sinn steht. Durch die häufigen Besuche bei ihrer Tante kennt sie die Stadt leidlich, doch so frisch und abenteuerlustig hat sie sich hier bisher nie gefühlt. Für einen Moment glaubt Frida sogar, einen Zipfel des Halleyschen Kometen am helllichten Tag zu erspähen.

Ihr erster Zusammenstoß mit der Großstadtrealität heißt Max Tebbe. Ein verwegen gutaussehender junger Mann im Ledermantel, der – offensichtlich vertraut mit besten Manieren – dem Studium abgeschworen hat und nun als Taschendieb sein Glück sucht. Mit seinem untrüglichen Instinkt für gut situierte Besucher der Stadt, verwickelt Max die junge Frau in eine charmante Plauderei über den pausenlos dahinströmenden Verkehr der Hauptstadt. Dabei beklaut er sie dreist. Frida bemerkt es, aber zu spät. Wieder eine der Situationen, in der sie nicht wie andere verzweifelt, sondern hellwach das Geschehene analysiert. Geduldig observiert Frida die wogende Menge, denn auf ihr Gesichtsgedächtnis ist Verlass. Doch der Dieb bleibt verschwunden.

Am nächsten Morgen steht sie wieder an der Ecke Fasanenstraße und Kurfürstendamm. Dieses Mal im Herrenanzug, den sie als Konrad zu tragen pflegt. Sie ist sich sicher, dass der Dieb früher oder später auftauchen wird. Denn auch Diebe haben ihr Revier. Fridas Geduld wird belohnt. Am späten Nachmittag erspäht sie den schwarzen Ledermantel, das dunkle, lockige Haar, die flinken Augen, die die Umgebung nach neuen Opfern absuchen. Frida beobachtet den Dieb eine Weile, dann stellt sie ihn zur Rede. Nach der ersten Verwirrung – denn statt der jungen Dame steht ein junger Herr mit Schiebermütze vor ihm – ist Max schwer beeindruckt. Er verspricht, Frida das Geld wiederzugeben und mustert sein Opfer vom vorangegangenen Tag. Donnerwetter, eine junge Dame, die sich als Mann ausgibt? Seine Neugier ist geweckt. Und schon schäkert er wieder: Kann sie noch mehr? Er kann immer Verstärkung brauchen. Max nimmt den jungen Herrn Konrad mit in eine zwielichtige Kaschemme, zu der Frauen keinen Zutritt haben.

Obwohl sie es verwerflich findet, kann Frida ihre Faszination für den schlitzohrigen Max und seine Tricks nicht verhehlen. Sie spürt sofort eine tiefe Verbundenheit. Ihre eigene Furchtlosigkeit strahlt Frida durch Max wie aus einem magischen Spiegel entgegen. Abgesehen davon ist er so ziemlich das Gegenteil von ihr. Max versprüht seinen Charme an jedermann und verfügt über einen kaum zu bändigenden Tatendrang. Seine Freunde und Kumpane hängen förmlich an seinen Lippen, wenn er seine Witze reißt. Er ist listig, ein klarer Anführer und dazu noch eine Frohnatur. Was er erbeutet, teilt er. So werden auf ihre Kosten erst die Kaschemmenrunden an

Absinth beglichen, bevor Max Frida das Geld zurückgibt und sie zu ihrem Hotel begleitet.

Was für ein Großstadtabenteuer, denkt Frida und sinkt mit sich zufrieden in ihr Hotelbett. Vom Absinth leicht benommen, pulsieren Lichtwellen durch ihren Körper. Diese Nacht erscheint ihr der Komet. Sein langer Schweif verwandelt sich in einen Wasserfall. Sie hört menschliches Stimmengewirr und Schreie. Dann erscheint inmitten des Wasserfalls das Gesicht ihrer neuen Bekanntschaft.

Max schreitet durch die nächtliche Stadt. Er müsste lügen, wenn er behaupten würde, er sei nicht von Frida fasziniert. Der furchtlose Zug um den Mund, ihr nach innen gerichteter Blick. Zu gerne wüsste er, welches Geheimnis sie in sich trägt. Doch unwirsch wischt er seine Gedanken fort. Solche Ablenkung kann Max gerade nicht gebrauchen. Wachsam beobachtet er die Häuserfronten in und um die Gertraudenstraße und macht sich Notizen. Ihm bleibt nicht mehr viel Zeit, und Max ist wild entschlossen, den Halleyschen Kometen und die damit verbundene Hysterie zu seiner persönlichen Glückssträhne zu machen.

Trotzdem hat Max es nicht lassen können, sich mit der geheimnisvollen jungen Dame zum Flanieren zu verabreden.

Endlich ist der von Frida seit Wochen herbeigefieberte Tag gekommen! Der 19. Mai 1910.

Frida reißt die Flügelfenster ihrer Suite weit auf und dehnt sich dem Morgenhimmel entgegen. Ihr erster Gedanke gilt Max, der zweite ihrem Vater und der dritte dem Kometen, ihrem Schicksal. Davon ist sie nach wie vor überzeugt. Ein Blick auf die Straße Unter den Linden zeigt Normalität. Frida würde genügend Zeit haben, sich ein letztes Mal in der Großstadt treiben zu lassen, ein letztes Mal Max zu treffen und in Gedanken gute Wünsche an ihren Vater zu schicken.

Es zieht Frida ins Café Bauer, das seine Gäste neben Kaffee und Speisen mit achthundert europäischen Zeitungen bewirtet. In jeder, auch in der „Times" und der „Gazette de France", treibt natürlich der Halleysche Komet auf Seite eins sein Unwesen.

Mitten in der Nacht, bis in die frühen Morgenstunden des kommenden Tages hinein, soll er am gefährlichsten sein, haben die Wissenschaftler errechnet. Kurz vor dem Morgengrauen, exakt um vier Uhr und fünfzehn Minuten, wird der Schweif des Kometen die Erde gänzlich einhüllen und niemand weiß, was dann geschieht.

Die Presse wäre nicht die Presse, wenn sie sich nicht gegenseitig mit Weltuntergangsphantasien überbieten würde. Da ist von einer dramatischen Verschiebung der Erdachse die Rede. Von Wassermassen, die über die Kontinente hereinbrechen und alles überfluten werden. Kurz denkt Frida an den Wasserfall in ihrem Traum. Tennisballgroße Hagelkörner soll es regnen und dann natürlich die Giftwolke im Schweif des Kometen. Aus Frankreich gibt es einen Ausverkauf aller vorrätigen Gasmasken zu vermelden.

„Oh Himmel hilf", stöhnt eine ältere Dame am Nebentisch, die ebenfalls Zeitung liest. Ob die junge Dame sich auch schon eine Gasmaske besorgt habe, will sie wissen. Frida verneint, in ihrem Bauch kribbelt es verheißungsvoll.

Beim Schlendern durch die Stadt kommt sie an fliegenden Händlern vorbei, die kräftig am Untergang mitverdienen wollen und dabei durchaus phantasievoll sind. Kometenseife und Kometengurken werden als Souvenirs feilgeboten. Gasmasken in allen Größen, auch für Hunde und andere Haustiere, werden an die Kunden gebracht. Kometenpillen und kleine Fläschchen mit Atemluft wechseln allerorts ihre Besitzer. Jemand reicht ihr ein Werbeblatt. In einem Zeppelinflug zur Nachtstunde, der hundertprozentigen Schutz vor den giftigen Gasen bietet, sind noch wenige Plätze frei. Frida verliert sich in dem bunten Treiben.

Fast hätte sie ihre Verabredung mit Max verpasst. Der wartet schon oben auf der Siegessäule. Schnell sind die Stufen erklommen, und Max stellt erfreut fest, heute wieder einem jungen Fräulein im Kleid gegenüberzustehen. Neugierig will Max wissen, warum sich Frida manchmal als Mann ausgibt. Frida denkt lange über ihre nächtlichen Abenteuer als Konrad nach, bevor sie es erklären kann. Sie schätze es, ab und zu ein Anderer zu sein. Und sie müsse über Grenzen gehen. Diese Mutproben verliehen ihrem Leben Sinn. „Etwas Verbotenes tun", ergänzt Max, das gehe ihm genauso. „Grenzen sind dazu da, sie zu durchbrechen. Leider gibt es immer wieder eine nächste Hürde. Das hört wahrscheinlich nie auf."

„Wie eine Leiter, die in den Himmel wächst", scherzt Frida.

Max ist sich mit dem Himmel nicht so sicher. „Vielleicht ist es eher ein Abstieg in die Hölle?"

„Oder das Ende der Welt?" Mit diesen Worten holt Frida ihr Fernglas aus der Tasche und sucht den Himmel ab. Max beobachtet sie von der Seite. Himmel oder Hölle, eins ist sicher: Der Himmel hat ihm eine Seelenverwandte geschickt. Er erfährt, dass Frida aus Meißen stammt, doch was sie hier in Berlin macht, will sie nicht sagen. Nun gut, Max hat auch seine Geheimnisse, darum wechselt er bereitwillig das Thema. Auf welchen Kometenball Frida denn heute Nacht eingeladen sei, will er wissen. Frida sieht ihn verwirrt an. Doch da hat Max schon ihre Hand genommen und zieht sie Richtung Ausgang. Er muss ihr unbedingt ein paar Freunde vorstellen.

Das ehrwürdige Foyer des Deutschen Theaters wirkt wie ein unwirklicher Bazar, als Max und Frida eintreten: Da liegen Kostüme kreuz und quer über den Stühlen. Schauspieler, die kleine Szenen proben, und inmitten des ganzen Durcheinanders betätigt ein Affe – mit Zylinder! – mit unermüdlicher Ausdauer die Klingel eines Miniaturfahrrades. Eine junge Frau verteilt Masken und Musikinstrumente, vornehmliche Krachmacher wie Trompeten, Rasseln, Schellen und Trommeln. Es liegt ein Kreischen in der Luft, wie es zuweilen aus dem Papageienkäfig im Zoologischen Garten auf die Straße dringt.

Als man Max und Frida bemerkt, tritt kurz Ruhe ein, bis auf den Affen, der klingelnd seine wackligen Runden mit dem Fahrrad dreht.

„Max!" Mimmi setzt den Korb mit den Musikinstrumenten am Boden ab und wirft sich stürmisch in seine Arme. Auch die anderen begrüßen ihn freundschaftlich. Max stellt Frida seine Schauspielerfreunde vor. Adele Sandrock, Alexander Moissi, Leopoldine Konstantin, Max Landa: alles Schauspieler am Deutschen Theater. Und ja: natürlich

Mimmi, Schauspielschülerin, so wie auch er vor einem halben Jahr noch Schauspielschüler war. Das scheint ein empfindlicher Punkt zu sein, denn betretenes Schweigen breitet sich aus. Doch Max lässt es nicht zu. Was sie für heute Nacht geplant haben? Da geht das Geplapper wieder los. Eine Prozession durch die Stadt mit unbestimmtem Ausgang, um den Kometen willkommen zu heißen. Emil Nolde wolle auch dabei sein, zum Skizzen Anfertigen, heißt es aufgeregt.

Ob Max mitkommt?

Doch der kann nicht, aber er legt ihnen seine neue Bekanntschaft ans Herz: Frida wäre sicher gern mit dabei. Überrumpelt schickt Frida ein unsicheres Lächeln in die Runde.

Max verabschiedet sich. Diesmal fällt Frida das Auseinandergehen besonders schwer und der Gedanke, Max nie wiederzusehen, lässt sie straucheln. Als Max sie im Schutz der Eingangstür auffängt, küsst Frida ihn, einer plötzlichen Anwandlung folgend, scheu auf den Mund. Max, der nicht ahnt, dass dies Fridas Abschiedskuss war, grinst frech. Er will sich am kommenden Tag wieder bei der Siegessäule mit ihr treffen. Ohne zu antworten, flieht Frida, von ihren eigenen Gefühlen heillos überfordert, in Richtung Hotel.

Unschlüssig sieht Max ihr nach, dann reißt er sich los. Er muss sich jetzt konzentrieren. Er darf keinen Fehler machen. Verläuft alles nach Plan, ist er morgen ein reicher Mann.

Frida ist froh, nach der Flut von Eindrücken und Gefühlen endlich allein zu sein. Keine Sekunde länger hätte sie das Tohuwabohu in ihrem Inneren ausgehalten. Erschöpft legt sie sich auf ihr Bett. Die Uhr auf der Kommode schlägt acht, als sie erwacht. Es ist dunkel und fast so still wie in ihrem Traum. Sorgfältig kleidet sie sich in einen sportlich-modischen Hosenrock. Bevor Frida das Zimmer verlässt, platziert sie auf dem Beistelltischchen, sorgsam an die Wasserkaraffe gelehnt, eine Nachricht an ihren Vater.

„Werter Vater, es war eine gute, eine wunderbare Zeit. Ich habe mir nie einen anderen Vater gewünscht als nur dich. Deine dich immer liebende Tochter." Ihr Erspartes legt sie daneben. Das wird für die Bezahlung der Suite reichen.

Wie das Schicksal es will, betritt – just, als Frida das Hotel Victoria verlässt – ihr Vater die Hotelhalle.

Hat ihn doch seine Schwester gestern informiert, dass sie wie viele andere Berliner aufs Land gefahren ist. Ja, sie sei wohlauf und nein, sie habe Frida nicht gebeten, zu kommen.

Seit dem frühen Morgen zieht Georg schon von Hotel zu Hotel. Hier im Victoria wird er fündig. Doch auf die Erleichterung folgen neue Sorgen. Wo ist Frida jetzt, und was hat seine Tochter vor? Georg genehmigt sich einen Absinth und befragt die Kellner. Die Antworten sind dürftig. Das Fräulein war praktisch nie anwesend. Ihre Suite hat Frida bis zum nächsten Tag reserviert.

Dank seiner genauen Vorarbeit und der exakten Planung geht Max und seinen Helfern die Diebestour so leicht von der Hand wie ein entspannter Nachtspaziergang durch ein Selbstbedienungsdepot. Sein Kumpan Paule hat soeben die dritte Wohnungstür geknackt und lässt die selbst gefeilten Spezialinstrumente zurück in einen eigens dafür angefertigten Arztkoffer gleiten. Lässig steift Max weiße Handschuhe über und durchsucht systematisch Kommoden und Schränke nach Kostbarkeiten, die beim Verhökern gutes Geld einbringen sollen. Er bedient sich an Schmuck, Silberbestecken, goldenen Krawattennadeln, Uhren, wertvollen Stiften, Siegelringen, Briefmarken- und Münzsammlungen. Sogar Bargeld liegt leichtsinnigerweise herum. Nach Herzenslust lässt Max seinen Blick wandern. Was immer ihm gefällt, heimst er ein.

Hans, der Dritte im Bund, nimmt das Diebesgut in Empfang und bringt es an einen sicheren Ort, während Max sich der vierten Wohnung zuwendet.

Fast könnte man es Akkordarbeit nennen, so flott und reibungslos geht ihnen die verwegene Diebestour von der Hand. Niemand schöpft Verdacht. Max muss sich bremsen, um nicht übermütig zu werden. Willkommen im Einbrecherparadies. Dem Kometen sei Dank.

Draußen tobt die Nacht, in der Berlin, Europa, ja die ganze Welt den Verstand verloren zu haben scheint. Vor den Varietés und den Gasthäusern, die schon längst bis zum letzten Platz besetzt sind, haben sich Menschentrauben gebildet. Von Häuserdächern und Balkonen segeln Kometenluftschlangen auf die bevölkerten Fußwege. Eine fiebrige Erregung hat die Menschen erfasst. Heute redet jeder mit jedem. Ferngläser werden weitergereicht. Einige Passanten haben Gasmasken um den Hals baumeln, um für alle Fälle gerüstet zu sein. Dass der Komet nicht zu sehen ist, tut der Jahrmarktstimmung keinen Abbruch.

Man genießt den Kitzel der Ungewissheit, trinkt dazu sündhaft teure Kometencocktails und verspeist Kometenfrikadellen. Tendenz der Fieberkurve: steigend.

Auf Frida wirkt das menschliche Gewusel befremdlich. Fürchten die Menschen sich vor dem Kometen oder suchen sie nur einen Grund, um sinnlos zu feiern? Eisern hält sie an ihrem Vorhaben fest: Sie muss runter an die Spree. Dort – Frida denkt an ihren Traum – wird sie, von den giftigen Gasen des Kometenschweifs benebelt, ins Wasser fallen. Und dann, von den Wellen sanft umfangen, der Stille entgegen schweben.

Trommeln, Trompeten und Akkordeonklänge hüllen sie ein und wie aus weiter Ferne dringt Mimmis Stimme an ihr Ohr. „Frida! Du bist doch Max' Bekannte. Komm!"

Die Schauspieler vom Deutschen Theater haben sich in ihre prächtigen Kostüme geworfen und ziehen als Kometenbegrüßungskomitee den Schiffbauerdamm entlang. Mehr unfreiwillig als gewollt wird Frida mitgerissen. Emil Nolde eilt skizzierend nebenher. Aus der entgegengesetzten Richtung kommt ihnen Hugo Ball entgegen. Ebenfalls schon etwas angeheitert, mit einer leicht bekleideten Dame im Arm, begrüßt er Mimmi, nonchalant seinen Hut ziehend. Eifrig zurückwinkend berichtet Mimmi, Hugo Ball sei einer ihrer Lehrer. Er und Max haben sich immer hervorragend verstanden. Mimmi gerät ins Plaudern. Wie schade, dass Max sich mit seinem Vater überworfen und sich dann auf der Bühne einen so fürchterlichen Patzer erlaubt habe. Doch Frida hat sich schon zu sehr in ihre eigenen Phantasien eingesponnen, um Mimmis Redeschwall noch folgen zu können.

Je lustiger und wilder das Treiben, umso niedergeschlagener fühlt sich Frida. Hilfesuchend blickt sie in den Himmel und wünscht sich in die Stille ihrer Träume. Doch um sie herum tobt das Leben. Die Gruppe hat ein in der Spree festgemachtes Holzpodest entdeckt und alle werden gedrückt und geschoben, bis die „Bühne" bis zum Rand mit Menschen gefüllt ist. Jetzt geht das Singen und Tanzen erst richtig los.

Fridas Niedergeschlagenheit verwandelt sich in Wut. Was denken sich die Leute? Der Komet hat solche Spötterei nicht verdient. Er ist mächtiger als alle Menschen zusammen. Enttäuscht will Frida sich davonschleichen. Doch als wolle das Schicksal ihren Gedanken Nachdruck verleihen, hat sich das Podest, von den vielen Menschen überlastet, aus seiner Verankerung gelöst und beginnt schwankend als Floß in die Spree zu treiben. Unruhe entsteht, gefolgt von Panik, denn durch das Gedränge und Geschiebe stürzen einige unfreiwillig ins dunkle Wasser.

Als Frida Mimmis Hilferuf vernimmt, springt sie ohne zu zögern in die kühlen Fluten. Frida ist eine exzellente Schwimmerin und der Hosenanzug erweist sich als gute Wahl. Während die anderen rasch zum Podest zurück schwimmen, wird Mimmi von ihrem schweren, sich mit Wasser vollsaugenden Theaterkostüm in die Tiefe gezogen. Frida schafft es, die panisch um sich Schlagende sicher ans Ufer zu bringen. Auch das Podest ist inzwischen ans Ufer zurückgetrieben und wird von Helfern sicher vertäut. So folgt auf den großen Schreck ausgelassene Erleichterung. Doch als Mimmi sich bei Frida bedanken will, ist diese verschwunden.

In der Zwischenzeit machen Max und seine Kumpanen das Geschäft ihres Lebens. Paule hat die weiß-nicht-wievielte Wohnungstür aufgehebelt und gönnt sich ein Päuschen, während Hans schon mal die erste Ladung Kostbarkeiten aus dieser Wohnung trägt. Max ist von den überall in den Wohnungen verführerisch herumstehenden Karaffen mit alkoholischen Köstlichkeiten, die er trotz bester Vorsätze nicht unprobiert lassen konnte, euphorisiert. Leichtfertig hat er in der fremden Wohnung die Gaslampen angezündet und hält zu seiner eigenen Erheiterung, auf einem gepolsterten Stuhl mitten im Wohnzimmer stehend, einen glühenden Theatermonolog aus Hamlet. Dabei prostet er wortgewaltig einem an der Wand hängenden Porträt zu, das er als Geist seines Vaters anspricht.

Da steht wie durch Zauberhand plötzlich ein fremder Mann im Zimmer. Max starrt ihn entsetzt an.

Fridas Vater hatte beim Passieren der Gertraudenstraße in der Wohnung seiner Schwester einen Lichtschein flackern sehen und fand die Wohnungstür offen stehend vor.

Voller Panik will Max aus der Wohnung flüchten, doch Georg Schilling kombiniert schnell. Bei dem jungen Burschen kann es sich eigentlich nur um einen Einbrecher handeln. Geistesgegenwärtig versperrt er Max den Weg zum Ausgang. Der hofft auf seine Kumpane, doch von denen fehlt jede Spur.

Statt Max ordnungsgemäß der Polizei zu übergeben, sieht Fridas Vater unter zwei Bedingungen von einer Anzeige ab. Erstens verlangt er die Rückgabe des Diebesguts und zweites bittet er Max um einen ungewöhnlichen

Gefallen. Max solle ihm helfen, seine verschwundene Tochter zu finden. Sie sei sicher wegen des Halleyschen Kometen nach Berlin gekommen, auch sein Fernglas habe sie mitgenommen.

Georg Schilling hat keine Ahnung, was Frida vorhat, ist aber schon ganz außer sich vor Sorge. Er reicht Max eine Fotografie, auf der eine junge Frau im eleganten Reformkleid zu sehen ist. Der furchtlose Zug um den Mund und der nach innen gerichtete Blick lassen Max nicken. Kein Zweifel, das ist Frida. Er hat sie vor zwei Tagen kennengelernt.

Vielleicht wissen seine Freunde vom Theater mehr. Doch die haben Frida, nachdem sie Mimmi gerettet hat, nicht mehr gesehen.

Enttäuscht und wütend hat Frida den Menschen den Rücken gekehrt und sich wie ein verletztes Tier nicht etwa in ihre Hotelsuite, sondern in einen dunklen Winkel des Thiergartens zurückgezogen. Herrliche Ruhe herrscht um sie herum. Abgesehen von einem Fuchs, der aus seinem Bau schlüpft, ist sie endlich allein. Die nasse Kleidung saugt sich an ihrem Körper fest. Frida ignoriert die Kälte, die nach ihr greift.

Fast ehrfürchtig blickt sie nach oben in den bedeckten Himmel. Von ihrer Sehnsucht getrieben, nimmt sie ein Schimmern wahr. Eine Welle des Glücks breitet sich in ihr aus. Sie kriecht noch tiefer ins Gebüsch. Hier wird sie niemand finden. Nur der Komet selbst.

Genauso geschah es. Morgens früh um 4.15 war Frida ganz allein mit dem Kometen, und nicht das Giftgas, sondern Kälte und Nässe hatten das Fieber ausgelöst. Frida halluzinierte, bevor sie in eine wohlige Ohnmacht fiel.

Im Laufe des Vormittags wird Frida vom Dackel eines Parkhüters erschnüffelt und mehr tot als lebendig in die Charité gebracht. Die Ärzte diagnostizieren eine schwere Lungenentzündung. Frida ist nicht daran interessiert, zu gesunden. Obwohl ihr Vater und Tante Agathe sie Tag und Nacht umsorgen, entwickelt sie keinen Lebenswillen. In seiner Not greift Georg auf seine Forschungen zurück. Er braut für seine Tochter ein Lebenselixier aus Absinth mit einer Spezialmischung verschiedener Anisrezepturen, die – wie schon in Paracelsus' Schriften beschrieben – besonders die Heilung von Lungenproblemen begünstigen.

Eine nicht unwesentliche Nebenwirkung des grünen Elixiers sind die Visionen, die bei Frida durch den Absinth ausgelöst werden. Frida durchlebt intensive Momente ihres Lebens in strahlenden, unwirklichen Farben, sieht aber auch Ereignisse, die in der Zukunft liegen. So sieht sie eine Epidemie im Spital voraus. Nur gut, dass Frida ein paar Tage bevor dort die Tuberkulose ausbricht, bei ihrer Tante ihr neues Krankenlager bezieht. Ihr Vater hat seine Praxis in Meißen zu betreuen und kommt so oft es geht zum Krankenbesuch.

Als Frida zum ersten Mal die Augen aufschlägt und ihren ersten fieberlosen Satz sagt, sind weitere bange Wochen vergangen. Erleichtert reist ihr Vater an und erzählt Frida von seiner Suche in der Kometennacht. Auch von der Begegnung mit Max, dem Einbrecher. So erfährt Frida, dass Max am Anfang jeden Tag ins Spital kam, um ihr aus Rilkes Stundenbuch vorzulesen. Dann, eines Tages, sei er weggeblieben und kam nie wieder. Das war der Tag, an dem Georg Schilling den jungen Mann daran erinnerte, seiner Schwester das aus deren Wohnung erbeutete Diebesgut wiederzugeben.

Einige Zeit später – Frida hat immer noch das Krankenlager zu hüten – erwähnt Mimmi bei einem ihrer treuen Besuche, dass Max sich immer tiefer ins Schlamassel reite. Er habe sich dem Glücksspiel verschrieben. Woher er das Geld habe, sei allen ein Rätsel. Frida macht das traurig, aber sie klärt Mimmi nicht auf.

Wieder kommt ihr Vater sie besuchen und verabreicht Frida ihren Spezialtrunk. Dieses Mal sieht Frida Max in ihren Visionen. Er steckt bis zur Hüfte in einem Sumpfloch fest und streckt verzweifelt die Hände nach ihr aus. Doch sobald Frida ihm helfen will, versinkt Max noch tiefer im Morast. Dann sieht Frida ihn in einer Art Grube mit Fußfesseln. Unermüdlich schlägt er mit einer Spitzhacke Löcher ins Gestein. Bei jedem Schlag sprüht es Funken in fulminanten Farben und wundersame Klänge scheinen aus dem Fels zu kommen.

Lange grübelt Frida über diese Vision, bis ihr im Stundenbuch eine Stelle auffällt. Neben der dritten Strophe des Gedichts „Alles wird wieder groß sein und gewaltig"

> – *Kein Jenseitswarten und kein Schaun nach drüben,*
> *nur Sehnsucht, auch den Tod nicht zu entweihn*
> *und dienend sich am Irdischen zu üben,*
> *um seinen Händen nicht mehr neu zu sein. –*

hat Max an den Rand mit Bleistift zwei kleine Skizzen gezeichnet. Oberhalb der Strophe ragt eine Leiter in die Wolken und den Sonnenhimmel. Dort steht zart wie ein Hauch „Frida" geschrieben. Unterhalb der Strophe befindet sich eine weitere Zeichnung. Eine Strickleiter, die steil herabhängt. Darunter, in den Flammen eines Fegefeuers, brennen die Buchstaben M A X.

Jetzt weiß Frida, was zu tun ist. Sie lässt sich von ihrer Tante die gestohlenen Kostbarkeiten beschreiben und verlässt zum ersten Mal nach Monaten die Wohnung. Auf dem Polizeipräsidium in der Alexanderstraße erstattet Frida schweren Herzens Anzeige gegen Max Tebbe. Danach spricht sie nie wieder über ihn. Als Agathe tatsächlich einige ihrer Wertsachen zurückbekommt, ist ihr klar, dass man Max verhaftet hat.

Nach dem langen Krankenlager reist Frida mit Agathe zum Erholungsurlaub ins Nordseebad Langeoog. Als sie schließlich, nach fast einem Jahr, in das väterliche Haus nach Meißen zurückkehrt, gibt es die alte Frida nicht mehr. Die nächtlichen Mutproben und somit auch Konrad tauchen in ihrem späteren Leben nie wieder auf. Denn inzwischen sind auch am Tag genügend Herausforderungen zu meistern. Getreu ihren Visionen folgend, hat sich Frida in den Kopf gesetzt, Ärztin zu werden. Fortan arbeitet sie in der väterlichen Praxis mit und wird von ihrem Vater auch in Theorie ausgebildet. Nach mehreren Ausnahmegenehmigungen macht Frida an der Universität Gießen mit Bravour ihr Staatsexamen.

Inzwischen sind zwei weitere Jahre vergangen.

Heirat kam für Frida nie infrage und ihr Vater, stolz

und froh über Fridas Entwicklung, bedrängt sie nicht. Nur ihre Tante versucht so manches Mal, Frida das Eheleben schmackhaft zu machen.

Erfüllt mit Arbeit ziehen die Tage dahin.

Bis eines Abends – Frida will gerade die Praxis verlassen – Max vor ihr steht. Gut gekleidet, einen Schnauzbart tragend, die dunklen Haare kurz und gepflegt, verbeugt er sich und deutet einen vollendeten Handkuss an. Zuerst glaubt Frida an eine Erscheinung, doch als ihre Blicke sich treffen, weiß sie, wie sehr sie Max die letzten Jahre vermisst hat. Bevor sie ihm alles erklären kann, überrascht Max Frida mit einem Heiratsantrag, der mit den Worten endet: „Verhaftet zu werden, war das Beste, was mir passieren konnte. Das musst du gewusst haben, Frida."
    Frida verneint. Sie hatte nur der Vision der Grünen Fee vertraut.

Max hat sich schon während seiner Zeit im Gefängnis mit seinem Vater ausgesöhnt und studiert inzwischen Juristerei. Am 19. Mai 1913 heiraten Frida Schilling und Max Tebbe. Geplant ist, dass Max sein Studium in Berlin zu Ende bringt und das junge Paar dann in Meißen eine eigene Wohnung bezieht.
    Zur Hochzeitsfeier lädt Max' Vater die ganze Verwandtschaft samt Mimmi an den Gardasee ins *Hotel Brenzone* ein. Dort wird eine Woche lang ausgelassen gefeiert. Niemand ahnt, dass es das erste und letzte unbeschwerte Zusammentreffen in dieser Konstellation sein wird.
    Georg hat dem Brautpaar eine Flasche Hochzeitselixier

gemischt, das Max und Frida manch wunderbare Nacht beschert. Eines Nachts halluziniert Frida wieder. Sie sieht Max und sich auf Reisen. Ein starker Sturm zieht auf. Max und Frida klammern sich vergeblich aneinander, sie werden von einer gewaltigen Kraft auseinandergerissen. Frida steht plötzlich auf einer Art Schlachtfeld und versorgt Verletzte mit schrecklichen Wunden. Vielen fehlen Arme oder Beine. Außer sich vor Sorge ruft sie nach Max. Dann geschieht etwas Bemerkenswertes: Frida hört ein zutiefst tröstliches, langgezogenes Hupen und ein großes Schiff schwimmt an ihr vorbei. Oben an der Reling steht Max unter den Passagieren und winkt ihr zu, sie solle an Bord kommen. In ihrer Vision fliegt Frida dem Schiff hinterher, aber es entschwindet am Horizont.

Frida erwacht schweißgebadet und ist nicht wieder zu beruhigen. Sie kann sich sogar an den Namen des Schiffes erinnern. „Volturno". Ihr Vater nimmt ihre Visionen wie immer sehr ernst. Was hat es mit dem Schiff auf sich? Max geht der Sache auf den Grund. Ursprünglich als Ladeschiff gebaut, bringt die „Volturno" seit 1909 Ausreisewillige über Kanada nach Amerika.

Dann überschlagen sich die Ereignisse. Im Oktober 1913 verlassen Frida und Max von Rotterdam aus Europa, um sich in Amerika eine neue Existenz aufzubauen. An Bord der „Volturno" befinden sich über fünfhundert Passagiere. Ziel ist das legendäre New York. Max und Frida freunden sich mit einem englischen Paar an, das in Amerika seine Flitterwochen verbringen will. Bald schmieden sie zu viert die aberwitzigsten Zukunftspläne.

Eine Woche nach dem Auslaufen gerät die „Volturno" in einen atlantischen Sturm. Nichts Ungewöhnliches in dieser eiskalten Gegend. Aber als am frühen Morgen nach einer lauten Detonation ein Feuer ausbricht, gerät die Lage schnell außer Kontrolle.

Achtzehn Monate nach dem Untergang des Luxusdampfers „Titanic" scheint die „Volturno" ebenfalls ein Opfer des Meeres zu werden.

Doch dieses Mal folgen insgesamt elf Schiffe aus aller Herren Länder dem Notruf der „Volturno". Nach und nach bilden sie einen Kreis um das brennende Schiff.

Max und Frida halten sich, wie viele andere, tapfer an der Reling fest. Hinter ihnen brennt der Schiffsrumpf. Die Flammen schlagen bis zu zwanzig Meter hoch. Vor ihnen tobt das wilde Meer. Hektisch ins Wasser gelassene Rettungsboote zerschellen in den Fluten. Max und Frida müssen mit ansehen, wie sich ihre neuen, liebgewonnenen Freunde aus Angst vor dem Feuer engumschlungen in die Tiefe stürzen und sofort von den gefräßigen Wellen verschluckt werden. Max greift Fridas Hand. Jetzt sind sie dran. Frida starrt in die Tiefe, ihre Gedanken rasen. Da ist sie, ihre Todesstunde. Doch nichts ist wie in ihren Träumen. Es ist nicht friedlich. Es ist nicht still und verlockend. Ihr geliebter Tod hat sich in einen wütenden Dämon verwandelt.

Statt sich zu fügen, jetzt wo der Moment gekommen ist, wird Frida von einem unbändigen Lebenswillen erfasst. Sie will nicht sterben, sie will leben – mit Max! Trotzig schreit sie ihre Worte in den unbarmherzigen Wind. Als durch das Tosen des Sturms in weiter Ferne das langgezogene, tröstliche Hupen aus ihrer Vision zu antworten scheint, weiß sie, dass sie es schaffen werden.

Nach zwei Tagen ohne Essen und Trinken stürzen sich

Frida und Max in die Tiefe. Doch nicht in die kalten Fluten, sondern in eines der Rettungsboote der „Seydlitz", die es, trotz der tobenden Wellen, endlich geschafft haben, nahe genug an die „Volturno" heranzukommen.

In einer beispiellosen Rettungsaktion arbeiten die Kapitäne, die Besatzungen und besonders die Bordtelegraphisten aus Deutschland, Frankreich, England, Russland und den Vereinigten Staaten von Amerika Hand in Hand. Auch wenn über hundert Menschen ihr Grab am Grund des Meeres finden: Die Mehrzahl der Passagiere kann gerettet werden.

Frida und Max Tebbe lassen sich in der Nähe New Yorks im Bundesstaat New Jersey nieder. Frida macht sich später als Kinderärztin einen Namen und Max vertritt als Verteidiger immer wieder Kleinkriminelle, die wie er auf die schiefe Bahn geraten sind. Kinder haben die beiden nicht.

ZUR GESCHICHTE DER GESCHICHTE

Die fiebrige Stimmung und die Belanglosigkeit, die viele junge Menschen in dieser Zeit verspürten, sind die atmosphärische Grundlage dieser Geschichte. Ein Höhepunkt dieses Lebensgefühls und des Wunsches, es möge endlich etwas passieren, war sicher der Halleysche Komet, der ganz Europa 1910 in seinen Bann zog und die abstrusesten Untergangsphantasien heraufbeschwor. Vier Jahre später brach der Erste Weltkrieg aus. Ironischerweise arbeiteten beim Untergang der „Volturno" 1913 die gleichen Nationen, die ein Jahr später gegeneinander in den Krieg zogen, bei der Rettung der Passagiere Hand in Hand.

Peter Hoeft

DAS OHR

Arles, Südfrankreich, 24. Dezember 1888

Ich erwachte mit einem gewaltigen Brummschädel. Émile Zola hat recht mit seiner Kritik in L'Assommoir, dachte ich düster, erhob mich und starrte in den staubigen Spiegel. Der Absinth war ein Menschen verderbendes Getränk. Nicht nur Frankreichs großer Romancier, auch die meisten Mediziner forderten schon seit Längerem ein Verbot. Ich beugte mich über den Waschtisch und spritzte mir zwei Handvoll kaltes Wasser ins Gesicht. Schlagartig standen mir die Ereignisse des gestrigen Abends vor Augen. Dieser verdammte Narr! Einen Moment lang wurden mir die Knie weich, und ich musste mich am Waschtisch abstützen. Jetzt nur nicht in Panik verfallen. Der Holländer würde mich nicht anzeigen, so weit kannte ich ihn inzwischen. Ich zog die Tür hinter mir ins Schloss, bezahlte meine Rechnung, verließ das Hotel und trat auf das regennasse Pflaster. Am Place Lamartine hatte sich eine Traube Menschen versammelt. Einige begannen zu tuscheln, als sie mich gewahrten. Ich ging an ihnen vorüber und auf das gelbe Haus zu, in dem ich seit zwei Monaten wohnte.

„Monsieur Gauguin?" Zwei Männer, einer in Polizeiuniform, steuerten auf mich zu. »Was haben Sie mit Ihrem Freund gemacht?«, wollte der andere wissen, ein dickleibiger Mann mit krummer Nase und einem steifen Hut.

»Was meinen Sie?«

»Wissen Sie das nicht? Der Holländer ist tot.«

Die Kehle wurde mir eng. Vincent war tot? Wenn das stimmte, drohte mir der Strang oder die Guillotine.

»Haben Sie ihn ermordet?«

Ich hob die Hände. »Um Gottes Willen, nein!«

Ein weiterer Gendarm mit einem dunklen Vollbart trat aus dem Eingang auf die Straße. »Er lebt. Wir müssen Dr. Rey holen.«

»Tu das.« Seine beiden Kollegen nahmen mich zwischen sich. »Kommen Sie mit auf die Gendarmerie, Monsieur«, forderte der Zivile mich auf. »Wir brauchen Ihre Personalien und Ihre Aussage.«

Auf dem Revier erzählte ich, wer ich war – Marinesoldat, Kunstmaler und erfolgreicher Börsenmakler, wie ich betonte – und was sich zugetragen hatte. »Monsieur van Gogh hat sich in den letzten Tagen zunehmend seltsam verhalten. Mal wurde er grundlos laut und schrie mich an, dann wieder sprach er überhaupt nicht mit mir. Einmal erwachte ich in der Nacht, weil er neben meinem Bett stand. Was er wollte, konnte er mir nicht sagen. Außerdem stritten wir immer häufiger, zuletzt vorgestern. Wir saßen wie gewohnt im Café de la Gare und tranken ein paar Gläser Absinth.«

»Worum ging es bei Ihrem Streit?«, fragte der Dicke.

»Irgendeine Belanglosigkeit. Ich glaube, wir sprachen über Edgar Degas, einen Künstlerkollegen. Plötzlich warf van Gogh sein volles Glas nach mir. Ich konnte gerade noch ausweichen. Er gebärdete sich wie ein Wilder. Ich packte ihn am Arm, verließ mit ihm die Gaststube und brachte ihn nach Hause. Am nächsten Tag bat er um Entschuldigung, mich beleidigt und angegriffen zu haben. Ich hab ihm versichert, dass ich ihm verzeihen würde, sagte aber auch, ich könne für nichts garantieren, sollte so etwas noch einmal vorkommen. Deshalb würde ich seinem Bruder Theo schreiben, um ihm mitzuteilen, dass ich Arles verlassen und nach Paris zurückkehren wolle.«

»Wie hat Monsieur van Gogh auf diese Ankündigung reagiert?«

»Schweigsam«, log ich. Vincent hatte mich einen elenden Verräter genannt, aber das ging den Gendarmen nichts an. »Ich verließ das Haus, um noch ein wenig spazieren zu gehen. Da hörte ich hastige Schritte hinter mir. Ich fuhr herum. Es war Monsieur van Gogh. Er stürzte mit einem offenen Rasiermesser in der Hand auf mich zu!«

»War er betrunken?«

»Ich denke schon. Er verträgt nicht viel. Absinth schon gar nicht.«

»Ein Teufelszeug.« Der Gendarm nickte. »Fahren Sie fort.«

»Die Macht meines Blickes muss ihn wohl dazu gebracht haben, innezuhalten. Er verharrte einen Moment, um dann gesenkten Hauptes davonzulaufen. Was danach geschah, weiß ich nicht.«

»Was taten Sie, Monsieur Gauguin?«

»Ich ging ins Hotel de la Gare. Die Nacht im Maison Jaune zu verbringen, erschien mir zu riskant.«

»Verständlich.«

Der bärtige Polizist betrat die Wachstube. »Der Doktor ist bei ihm. Er sagt, der Holländer kommt durch. Dr. Rey lässt ihn soeben ins Krankenhaus bringen.«

Ich atmete auf.

»Verständige trotzdem den Bruder«, ordnete der Zivile an. »Die beiden stehen in engem Kontakt, soweit ich weiß.«

Ich bemühte mich, meiner Stimme einen gleichmütigen Ton zu geben. »Was ist denn eigentlich geschehen?«

»Ihr Freund hat sich das linke Ohr abgetrennt, steckte es in einen Briefumschlag und lief damit zum Bordell. Dort wollte er es Rachel, einem der Mädchen, übergeben.

,Passen Sie gut darauf auf', soll er gerufen haben. Die Besitzerin des Maison de Tolérance hat uns verständigt.«

»Er hat sich … Ich sage ja, der Mann ist verrückt. Durchaus talentiert, aber verrückt. Wissen Sie, Vincent van Gogh ist der Sohn eines holländischen Pastors und leidet unter religiösem Wahn. Als Laienprediger im belgischen Kohlerevier ist er gescheitert, nun versucht er sich als Maler. Allerdings hat er bisher noch kein einziges Bild verkauft. Ich sollte ihm helfen, hier eine Künstlerkolonie aufzubauen. Als ich zu ihm in das Gelbe Haus zog, musste ich allerdings erst einmal für Ordnung sorgen. Das Chaos, das darin herrschte, spiegelte wider, wie es in seinem Inneren aussah, wenn Sie verstehen, was ich meine, Herr Kommissar.«

Der Zivilpolizist schürzte die Lippen. »Ich denke schon. Wollen Sie Ihren Freund im Krankenhaus besuchen, Monsieur?«

Ich schüttelte den Kopf. »Wer weiß, wie van Gogh reagiert, wenn er mich sieht! Aber ich werde ein paar Worte mit Dr. Rey wechseln und Herrn van Goghs Bruder telegrafieren. Hören Sie, ich halte es für besser, wenn ich unverzüglich abreise. Oder brauchen Sie mich noch?«

»Fahren Sie nur. Ich denke auch, es ist gut, wenn Sie einander nicht mehr begegnen. Paris, sagten Sie?«

»Ja. Ich nehme den Abendzug.«

»Dann bon voyage, Monsieur. Ich beneide Sie. Paris ist eine wunderbare Stadt.«

Ich wollte mich nicht lange in der Hauptstadt aufhalten, doch das ging den Mann nichts an. Im Krankenhaus sprach ich kurz mit dem Arzt. »Hat Vincent sich geäußert?«, wollte ich wissen. »Ich meine, warum er diese Wahnsinnstat begangen hat?«

Dr. Rey verneinte. »Der Patient war kurz wach, hat aber geschwiegen.«

Gut, dachte ich, hoffentlich bleibt es dabei. Ich verabschiedete mich, überlegte einen Moment lang, ob ich ins Gelbe Haus eilen und meine Sachen holen sollte, verwarf diesen Gedanken jedoch wieder. Theo van Gogh traf sicher bald in Arles ein. Er würde mir meine Bilder, Studienbücher, Kleidung und die Fechtausrüstung nachsenden, wenn ich ihm meine Adresse in Paris mitteilte. Ich lief zum Bahnhof und kaufte ein Billett dritter Klasse. Während ich auf den Zug wartete, kehrten meine Gedanken zu dem Tag meiner Ankunft vor acht Wochen zurück.

Arles, 23. Oktober 1888

Das schrille Pfeifen der Lokomotive zerriss die Stille, und ich hob den Blick von der Zeitung mit dem Artikel Émile Zolas. Durch das geschlossene Fenster sah ich die ersten

Häuser der Stadt, geschmiegt an einen Hügel von dunklem Grün. Über ihm stand die Sonne wie ein zitronengelber Ball am Himmel. Mon dieu, was für Farben! Kein Wunder, dass Vincent mir in seinem letzten Brief, den ich vor wenigen Tagen erhalten hatte, in den höchsten Tönen davon vorgeschwärmt hatte. Förmlich angebettelt hatte er mich seit Wochen, doch so bald wie möglich in den Süden zu kommen, um mit ihm eine Künstlergemeinschaft zu gründen. Nun habe er endlich ein geeignetes Haus für ‚Das Atelier des Südens' gefunden, wie er es nannte. Der Zug wurde langsamer. Ich faltete den Figaro zusammen, erhob mich und ging durch den Gang zur Tür, vor der sich bereits andere Reisende drängten. Endlich hielt der Zug und ich stieg aus. Nicht weit vom Bahnhof entfernt sah ich ein Café. Die Wirtsleute musterten mich neugierig. »Sie müssen Monsieur Gauguin sein«, sagte die Frau, und ihr Mann fügte hinzu: »Der Holländer hat uns ein Bild von Ihnen gezeigt.«

Ich nickte, bestellte eine Tasse Kaffee und erkundigte mich nach dem Maison jaune, dem Gelben Haus. Madame Ginoux beschrieb mir den Weg zum Place Lamartine.

Van Gogh erwartete mich vor der Tür. Sein Gesicht war sonnenverbrannt, die rötlichen Haare standen ihm wirr vom Kopf ab. »Paul, endlich!« Er breitete die Arme aus, um mich an sich zu ziehen.

Ich hatte seine überschwängliche Art schon in Paris nicht gemocht und ergriff seine rechte Hand. »Schön, Sie wiederzusehen, Vincent.«

Sein Blick heftete sich auf meine Reisetasche. »Mehr haben Sie nicht dabei? Es sieht ja fast aus, als kämen Sie nur auf einen Besuch zu mir.«

In der Tat war ich mir nicht sicher, ob ich längere Zeit in Arles bleiben würde. Schließlich wusste ich nicht, ob sich das Zusammenleben mit van Gogh harmonisch gestalten würde, zumal er als schwieriger Charakter galt. »Das sind meine Malsachen, etwas Wäsche und zwei Fechtmasken, Handschuhe und Degen«, erklärte ich, »mein restliches Gepäck kann ich mir jederzeit nachsenden lassen.«

»Sie fechten?«

»Leidenschaftlich, wenn ich jemanden finde, der diese Kunst ebenfalls beherrscht. Ich habe es in Paris von Grisier gelernt, einem Fechtlehrer am russischen Zarenhof. Inzwischen bringe ich es anderen bei. Ein Amerikaner hat mir aus Dankbarkeit ein paar Degen geschenkt. Was ist mit Ihnen?«

»Nein danke, für mich ist das nichts. Hat Theo die Reisekosten bezahlt?«

»Ja, Ihr Bruder war sehr großzügig. Er hat auch zugesagt, mich mit einem monatlichen Betrag zu unterstützen.«

»So ist er. Kommen Sie herein, ich zeige Ihnen mein Haus.«

»Das müssen ja mindestens drei Dutzend Bilder sein!«, rief ich aus. Zahlreiche, in leuchtenden Farben gemalte Landschaften und Personen bedeckten die Wände des Ateliers und standen auf dem Boden, unter ihnen das Bild eines in eine blaue Uniform gekleideten, vollbärtigen Mannes.

»Euer Briefträger?«, fragte ich.

Vincent lächelte. »Joseph Roulin, einer meiner wenigen Freunde in Arles. Ich hab ihn mehrmals porträtiert. Seine Frau und seine Kinder ebenfalls.«

Ich trat zurück. »Wie lange leben Sie in Arles, Vincent? Seit acht oder neun Monaten, nicht wahr?«

»Seit Februar. Ich male wie im Rausch! Paul, ich fühle mich wie elektrisch aufgeladen! An manchen Tagen stelle ich zwei Bilder fertig! Die Landschaft, das Licht, die Farben – alles hier inspiriert mich, selbst das Café und das Haus. Die kleine Zugbrücke dort habe ich schon mehrfach gezeichnet und gemalt, nicht nur in Öl, sondern auch als Aquarell.«

Ich betrachtete eine Strandszene.

»Fischerboote bei Les Saintes-Maries«, erklärte Vincent. Ein weiteres Bild zeigte blühende Kirsch- und Apfelbäume. Er wechselte ins vertrauliche Du über: »Der Frühling hier unten ist herrlich. Du wirst viele Motive finden, Paul.«

»Erst mal sehen, wie lange ich bleibe.«

»Was sagst du da? Ich dachte …«

Ich zuckte die Achseln. Ich hatte nicht vor, im Sommer noch in Südfrankreich zu sein, sondern so bald wie nur möglich in die Tropen zu reisen. »Es ist ein Versuch, Vincent.«

»Ein Versuch? Also gut. Und was sagst du zu meinen Bildern?«

»Sie sind besser als alles, was Sie im Norden geschaffen haben.« Ich behielt die förmliche Anrede bei.

Er lächelte. »Komm mit nach oben, ich möchte dir dein Zimmer zeigen. Es ist das hübscheste im ganzen Haus.«

Vincent hatte die Kammer mit weiteren Bildern dekoriert. Sonnenblumen und ein paar Landschaftsansichten. »Gefällt es dir, Paul?«

Das Zimmer war klein. Mehr als ein Bett mit blauer Decke, einen Waschtisch und eine Kommode gab es nicht. Ich ließ den Blick über die Ölbilder schweifen. »Ihre Sonnenblumen sind besser als Monets. Ich habe Hunger, wie sieht's mit etwas zu essen aus?«

»Ich habe nichts im Haus, lass uns ins Café de la Gare gehen. Meine Kasse ist gerade wieder leer, aber bei Monsieur und Madame Ginoux können wir anschreiben lassen.«

An einem Billardtisch vorbei steuerten wir eine ruhige Ecke an, ließen uns an einer der rot und gelb gestrichenen Wände nieder und bekamen das Bestellte, außerdem eine Flasche Absinth und zwei Gläser. Erneut begann der Holländer von Arles und der Umgebung zu schwärmen, den Feldern, der Küste. »Nach dem Frühstück packe ich Farben und Leinwand in den Rucksack, schnalle mir die Staffelei auf den Rücken und ziehe los. Stundenlang bin ich draußen, oft bis zum Abend. Nur die Hitze im Sommer ist kaum auszuhalten. Und der Mistral! Der Wind macht einen verrückt! Dazu die Einsamkeit. Man wird regelrecht wirr im Kopf, Paul. Die Leute behandeln mich immer noch wie einen Durchreisenden. Aber nun wird ja alles besser.« Vincent hob sein Glas und trank mir zu. »Auf unsere Künstlerkolonie! Mögen Bernard und Laval bald zu uns stoßen. Wir werden wie Soldaten in Reih und Glied zusammenarbeiten. Und du wirst der Anführer sein.« Er lachte. »Der Abt unserer Bruderschaft.«

Merkwürdiger Vergleich, dachte ich, sagte aber nur: »Santé, Vincent.«

Er holte seine Pfeife und Tabak hervor. »Wie geht es

Renoir, Degas und Manet? Habt Ihr in letzter Zeit gemeinsam ausgestellt?«

»Mit diesen elitären Leuten?« Ich winkte ab. »Sie weigern sich inzwischen, jüngere Mitglieder in die Gruppe aufzunehmen. Nein danke, mit denen will ich nichts mehr zu tun haben!«

»Seurat würd' ich gern dabeihaben«, seufzte Vincent.

Ausgerechnet George Seurat! »Wenn Sie wollen, dass ich bleibe, dann vergessen Sie das schleunigst! Ich kann den Kerl nicht ausstehen!«

»Schon gut. Es war nur ein Vorschlag, Paul.« Vincent wollte mehr über Lavals und meine Zeit auf der Antilleninsel Martinique wissen. Von den Bildern, die ich von dort mitgebracht hatte, war er begeistert gewesen, als wir uns vor einem Jahr in Paris persönlich begegnet waren. Ich hatte es geschafft, durch Vincent an seinen Bruder Theo heranzukommen. Der Kunsthändler hatte mir drei Bilder abgekauft, für 900 Francs.

»Martinique? Ein Paradies im Vergleich zu Panama. Charles und ich malten, gingen schwimmen, amüsierten uns mit den eingeborenen Weibern. Mit einer habe ich sogar einen Sohn gezeugt.«

Der Holländer hob eine Braue. »Was sagt Mette dazu?«

Ich lachte. »Meine Frau muss ja nicht alles erfahren! Aber sagen Sie mal, wie ist es in Arles? Ich meine, was die Weiber angeht?«

»Es gibt außerhalb der Stadtmauern das Maison de Tolérance, ein Bordell, in dem ich ein paar Mal war. Rachel ist besonders hübsch …«

»Na, das Aussehen spielt wohl eine eher untergeordnete

Rolle«, stellte ich fest. »Bei einer Hure zählen andere Qualitäten.«

»Rachel ist ein nettes Mädchen.«

Tage vergingen, Wochen. Vincent hatte recht, auch ich fand hier unten Motive in Hülle und Fülle, malte ein Stillleben nach dem anderen, Landschaften, Porträts der Arleserinnen und Madame Ginoux, die Frau des Cafébesitzers.

In all den Monaten, die Vincent in Arles lebte, hatte er nicht den Mut gehabt, die Frau zu bitten, ihm Modell zu sitzen. Aber auf meine Bitte kam sie in unser Atelier, mit dem Arleser Kopfschmuck und in ihrer Sonntagstracht. Die Art, wie der Holländer von ihr sprach, ließ eine gewisse Verehrung für die Frau erkennen.

Ich machte eine großformatige Kohlezeichnung von ihr, Vincent ein Ölbild. Meine Skizze verwendete ich eine Woche darauf für ein Gemälde, das ich ‚Nachtcafé' nannte. Als Vincent es sah, weiteten sich seine Augen. »Du hast aus dem Café ein Freudenhaus gemacht! Was soll das, Paul? Madame Ginoux sieht aus wie eine Bordellwirtin und meine Freunde Joseph Roulin und Paul-Eugène Milliet wie Freier! Das sind ehrenwerte Leute!«

»So ehrenwert wie du und ich, Vincent? Darf ich dich an unsere hygienischen Ausflüge erinnern?«

So nannte er unsere Besuche im Maison de Tolérance.

»Lass uns nicht streiten, sondern arbeiten«, lenkte er ein. »Bald kommt der Winter, dann können wir nicht mehr im Freien malen.«

»Ich arbeite sowieso lieber im Atelier«, gab ich zurück und machte mich an ein neues Bild, ein Selbstbildnis, das ich meinem Reisegefährten Charles Laval schicken wollte.

Weitere Porträts folgten, ein Bild der Frau des Briefträgers und eines meiner Mutter.

Und Vincent an seiner Staffelei. Als er das Bild sah, verzerrten sich seine Züge. »Das soll ich sein? Der Kerl sieht aus wie ein Schwachsinniger, wie ein Affe! Das Bild ist genau so hässlich wie dein Selbstporträt, das du mir aus der Bretagne geschickt hast! Da fehlt jede Spur von Heiterkeit, du wirkst geradezu brutal, Paul …«

»Na und? Stell dir vor, manchmal bin ich das«, blaffte ich zurück. »Denkst du, ich wüsste nicht, dass Renoir und Monet mich für aggressiv und hochmütig halten? Sollen sie doch denken, was sie wollen. Aber dir, mein kleiner Soldat, gebührt es nicht, deinen Hauptmann zu kritisieren!« In den vergangenen Wochen war der Holländer mir eher unterwürfig gegenübergetreten, hatte mich seinen Lehrmeister genannt. Deshalb überraschte mich sein frecher Ton. »Übrigens bist du dran mit Fegen«, fuhr ich fort, »das Haus ist dreckig wie ein Schweinestall. Aufgeräumt muss auch werden. Überall liegen deine Farben und Pinsel herum. Wie soll man da vernünftig arbeiten, verdammt noch mal. Und unsere Vorräte gehen ebenfalls zur Neige!«

»Paul, wir haben kaum noch Geld!«

»Weil du alles im Bordell ausgibst! Telegrafiere Theo, dass er uns etwas schickt. Ich bin nicht in den Süden gezogen, um hier zu verhungern! Dazu hätte ich auch in der Bretagne bleiben können! Überhaupt sind hundertfünfzig Francs Unterstützung im Monat viel zu wenig. Die Bilder, die dein Bruder im Gegenzug dafür von mir bekommt, dürften ihm weitaus mehr einbringen.«

»Du bist undankbar. Theo ist zwar Kunsthändler, aber er badet auch nicht gerade im Geld.«

»Jedenfalls geht's ihm deutlich besser als seinem Bruder. Hat er dich nicht schon immer unterstützen müssen?«

Er wollte etwas entgegnen, aber ich winkte ab. »Hör zu, Vincent, wenn dir meine Gesellschaft nicht mehr passt, kann ich gern ins Hotel ziehen. Überleg es dir.« Mit diesen Worten drehte ich mich um und ließ ihn stehen.

Vincents Geschwätz ging mir schon bald auf die Nerven, genau wie das gestelzte Französisch, in dem er mit mir sprach. Dann wieder kam er mir vor wie ein Kind, plappernd, strahlend und vergnügt über Kleinigkeiten, denen ich nichts abgewinnen konnte. Zudem waren wir im Grunde in fast allem unterschiedlicher Meinung, ob es nun um die Kunst und unsere Malerkollegen im fernen Paris oder das Leben an sich, um Religion, Philosophie oder Sexualität ging.

Unsere Streitereien mehrten sich. Mitte Dezember reichte es mir schließlich und ich schrieb Theo van Gogh einen Brief, in dem ich ihm mitteilte, ich plane, nach Paris zurückzukehren. »Vincent und ich können aufgrund der Unvereinbarkeit unserer Temperamente absolut nicht ohne Zwistigkeiten nebeneinander leben, und er ebenso wie ich benötigen Ruhe für unsere Arbeit«, schrieb ich. »Ihr Bruder ist ein Mann von beachtlicher Intelligenz, den ich sehr schätze und mit Bedauern verlasse, aber ich wiederhole: Es ist notwendig.« Des Weiteren bat ich den Kunsthändler, mir einen Teil des Geldes für die inzwischen verkauften Bilder zu schicken.

Die Tage wurden kälter, die Atmosphäre zwischen

Vincent und mir ebenfalls. Wortlos saßen wir im Atelier und arbeiteten jeder für sich. Nur ab und zu richtete Vincent das Wort an mich, versuchte, mich zum Bleiben zu überreden; nun, nachdem er wusste, dass ich beabsichtigte, in den Norden zurückzureisen.

Zwei Tage vor Heiligabend schlug ich vor, das Café de la Gare zu besuchen. »Dort ist es wenigstens warm. Hier frieren wir uns den Hintern ab«, knurrte ich.

Vincent willigte ein. Die Gaststube war verhältnismäßig leer. Der Wirt brachte eine Flasche Absinth und schenkte uns ein. Wir redeten über Edgar Degas, der gesagt hatte, er wolle sich ‚für die Frauen von Arles aufheben'. Plötzlich verdüsterte sich Vincents Miene. »Dieses Bild vom Nachtcafé, das du gemalt hast – Madame Ginoux darf es niemals zu sehen bekommen!«

Ich lachte. »Eigentlich wollte ich es ihr schenken oder als Bezahlung geben, wenn wir die Rechnung wieder mal nicht begleichen können.«

»Bist du verrückt?«

»Nicht dass ich wüsste. Und sprich nicht in einem solchen Ton mit mir. Vergiss nicht, Soldat – ich bin der Hauptmann.« Ich legte die Hand auf den Griff des kurzen Degens, den ich am Gürtel trug.

»Willst du mir drohen?« Vincents Hand schoss vor, ergriff das halb volle Glas und schleuderte es in meine Richtung. In letzter Sekunde konnte ich ausweichen. »Es reicht, Vincent!«, herrschte ich ihn an, sprang auf und führte ihn mit festem Griff aus der Gaststube und nach Hause.

Am nächsten Morgen stand er wie ein begossener Pudel vor meiner Kammertür, stammelte eine Entschuldigung und bat mich, ihm zu vergeben.

»Natürlich bin ich Ihnen nicht böse. Aber die Szene von gestern könnte sich wiederholen. Wenn Sie mich allerdings treffen sollten, kann es passieren, dass ich Ihnen an die Kehle gehe.« Ich sprach betont förmlich und distanziert, denn van Gogh sollte merken, wie ernst ich es meinte.

Das hinderte ihn jedoch nicht, bereits am folgenden Abend einen neuen Streit vom Zaun zu brechen. Ich teilte ihm mit wenigen Worten mit, dass ich nicht gedachte, einen Tag länger mit ihm unter einem Dach zu leben und dass ich dies seinem Bruder mitteilen werde. Vincent warf die Pfeife auf den Tisch.

»Du meinst es also wirklich ernst«, stieß er hervor, während ich meinen Mantel anzog. Ich brauchte dringend frische Luft.

Er kam mir nach. »Ich habe mich entschuldigt, Paul – was soll ich noch tun?«

»Nichts«, erwiderte ich, »du und ich, das passt einfach nicht.«

»Du bist ein Verräter, Paul! Du verrätst unsere gemeinsame Idee! Unsere Künstlergemeinschaft!«

»Und du bist ein Narr, van Gogh. Ich wahrscheinlich auch, sonst hätte ich mich gar nicht in den Zug nach Südfrankreich gesetzt.« Ohne mich umzudrehen, verließ ich das Haus, schritt über den Platz. Wenige Augenblicke später vernahm ich Schritte hinter mir.

Im Licht der ersten Sterne sah ich van Gogh vor mir stehen. In der Hand hielt er sein Rasiermesser, richtete es auf mich und setzte sich erneut in Bewegung. Ich schlug den offenen Mantel zurück und riss den Degen aus der Scheide, den ich bei mir trug, seit ich in der Zeitung vom Mord an zwei Zuavensoldaten gelesen hatte. Als der

Holländer nur noch eine Armeslänge von mir entfernt war, hob ich die Waffe, legte die Klinge seitlich an seinen Hals und zog sie rasch hoch. Vincent schnappte nach Luft. Er schwankte, stolperte rückwärts und griff sich an die Wange. Zwischen seinen Fingern quoll Blut hervor. Ungläubig starrte er mich an. »Lass uns über das, was hier geschehen ist, schweigen«, brachte er schließlich hervor. Dann wankte er davon.

Hoffentlich hab ich ihn nicht ernsthaft verletzt, dachte ich. Den Degen warf ich in einen Brunnen. Dann schlug ich den Weg zum Hotel de la Gare ein, fest entschlossen, gleich morgen meine Sachen zu holen und dieser Stadt endlich den Rücken zu kehren.

24. Dezember 1888

Die Geräusche der nahenden Eisenbahn rissen mich in die Gegenwart zurück und ich sah mich um. Außer mir befanden sich nur wenige Männer und Frauen auf dem Bahnsteig. Der junge Kerl mit der tief in die Stirn gezogenen Mütze – musterte er mich deshalb so neugierig, weil er mich erkannt hatte? Die Sache mit Vincent hatte sich im Laufe des Tages gewiss verbreitet wie ein Lauffeuer. Ich wandte den Kopf ab, spürte jedoch die Blicke des Mannes förmlich im Rücken und meinte beinahe, seine Gedanken lesen zu können. War es der Malerkollege? Warum verlässt er noch am selben Tag die Stadt? Natürlich konnte mir meine Abreise tatsächlich als Flucht ausgelegt werden, jedenfalls, wenn man nicht wusste, dass die Gendarmen mir gestattet hatten, Arles zu verlassen. Unsinn, schalt ich mich selbst. Sollten die Leute doch denken, was sie wollten. Und für viele – das war mir in den vergangenen Wochen immer bewusster geworden – war Vincent van Gogh sowieso ein trunksüchtiger Sonderling, den man am besten mied. Während ich in den Zug einstieg und mich auf einer Bank niederließ, erinnerte ich mich an Vincents Versprechen, über das, was geschehen war, zu schweigen. Ich konnte nur hoffen, dass er sich daran hielt. Ich streckte die Beine aus und schloss die Augen, um während der nächsten Stunden ein wenig zu schlafen. Schade um den schönen Degen.

ZUR GESCHICHTE DER GESCHICHTE

Die Ereignisse, wie sie in meiner Geschichte geschildert werden, weichen von Paul Gauguins eigener, viele Jahre später verfassten Erzählung ab. An dieser hat es immer wieder Zweifel gegeben. Matthias Arnold stellt sich in seinem umfassenden Werk über Vincent van Gogh die Frage, wie viele von Gauguins Schilderungen tatsächlich der Wahrheit entsprechen. Hans Kaufmann und Rita Wildegans gehen in ihrem Buch „Van Goghs Ohr: Paul Gauguin und der Pakt des Schweigens" noch weiter und kommen aufgrund aller verfügbaren Quellen – die ich für meine Geschichte ebenfalls benutzt habe – zu dem Schluss: Es war Paul Gauguin, der Vincent van Gogh das Ohr abgetrennt habe.

Gisela Witte

MÄDCHEN FÜR ALLES

Überwältigt von der Fülle der neuen Eindrücke lief Anna die Friedrichstraße entlang und nahm staunend ihre Umgebung wahr: die prächtigen stuckverzierten Fassaden der Häuser, die vielen Kutschen, die Schaufenster mit all den verlockenden Dingen. Und erst die Passanten, die an ihr vorbeidrängten: Die eleganten Damen, die mit ihren eng geschnürten Taillen an Sanduhren erinnerten und die Herren mit ihren gezwirbelten Bärten und steifen Hüten. Einen Moment lang blieb sie stehen und drehte sich nach einer Frau um, die an ihr vorbeistolzierte. Unglaublich! Diese Frau trug doch tatsächlich einen Hut, auf dem zwei riesige, blau schillernde Vogelschwingen steil nach oben ragten! Erst als Anna angerempelt wurde, schreckte sie auf und setzte ihren Weg fort. Es schien ihr eine halbe Ewigkeit her, dass sie ihren Heimatort Nauen hinter sich gelassen hatte. Dabei war sie erst gestern in Berlin angekommen.

Sie bog in die Jägerstraße ein. Jetzt konnte sie ihr Ziel nicht mehr verfehlen. Sie stopfte den Zettel mit der Adresse des Mietkontors für Dienstboten zurück in ihre Beutel-tasche.

Das Hufgetrappel der Pferde hatte abgenommen. Dafür verdichtete sich das Gedränge auf dem Bürgersteig, und sie folgte den Menschen, die aus allen Richtungen herbeiströmten. In der Mehrzahl waren es Frauen, die dem Haus mit dem Säulengang entgegenstrebten. Die „Gnädigen" unterschieden sich allein durch ihre aufwändige Kleidung von den Dienstmädchen: die Schleppen am Rock, die eng geschnürten Taillen und die Hüte mit dem üppigen Blumenschmuck. Anna war froh, dass sie sich nicht in ein Korsett zwängen musste. Sie sah an sich herunter und kontrollierte ein weiteres Mal ihre Kleidung. Alles korrekt: die hochgeschlossene Bluse blütenweiß, der dunkelblaue Glockenrock makellos gebügelt und fleckenfrei.

Sie gab sich einen Ruck und lief mit den Anderen an einem Portier vorbei, der den Leuten lautstark den Weg wies und den niemand beachtete. Von der Menschenmenge vorwärts geschoben gelangte Anna in einen Wandelgang und schließlich in einen Saal. Das Mobiliar beschränkte sich auf einige Stühle. An einer der weiß getünchten Wände hing in einem großen, schwarzen Rahmen die Gesindeordnung. Der Geruch von Schweiß, Mottenkugeln und Parfüm wehte ihr entgegen. Anna spürte die Blicke der anwesenden Damen von allen Seiten. Sie starrte auf den Boden und nestelte an ihrem Beutel. Ihr Herz schlug bis zum Hals. Der Gedanke, dass die Arbeitssuche dem monatlichen Viehmarkt in ihrem Heimatstädtchen ähnelte, drängte sich ihr auf.

Sie lauschte den Gesprächsfetzen, die um sie herumschwirrten: Dienstmädchen und Hausfrauen verhandelten miteinander.

„Wat zahlen se denn im Monat?"

„Können Sie kochen, waschen, bügeln?"

„Nee, zu Kindern jeh ick nich."

„Vier Treppen Kohlen schleppen – nee danke."

„Biste neu hier?", drang eine helle Stimme zu ihr durch. Neben ihr stand ein stämmiges Mädchen – ein schwarzes Strohhütchen auf den rotbraunen Haaren – und sah sie aus zimtbraunen Augen an.

„Bin die Rieke, komme aus Beelitz!" Das Mädchen gab Anna die Hand. „Hab' meine letzte Stellung jekündigt, weil ick wie 'n Pferd jeschuftet hab, aba alle vierzehn Tage 'n freier Sonntach war trotzdem nich drin!" Sie musterte Anna kritisch. „Wenn de mich fragst: Hättest eindeutich bessere Schangsen mit 'n bissken mehr Speck uff de Rippen!"

Eine Dame tippte Rieke auf die Schulter und dirigierte sie am Ellbogen in eine Ecke des Raumes.

Anna setzte sich auf den frei gewordenen Stuhl und sah sich um. Der Raum leerte sich zusehends. Ein Großteil der Mädchen hatte mehr Glück gehabt als sie.

Auch Rieke schien sich in der Zwischenzeit mit ihrer Interessentin geeinigt zu haben. Sie winkte Anna zu. „Vielleicht sieht man sich mal ..."

Anna stand auf und winkte zurück. Als sie sich umdrehte, stand vor ihr eine ältere, resolut aussehende Frau in Begleitung einer jungen, zierlichen, auffallend blassen Dame. Die beiden Frauen musterten sie und flüsterten miteinander. Die Ältere trat auf Anna zu. Die lange weiße Feder an ihrem Hut zitterte. „Das ist meine Schwägerin, Frau Bankdirektor Treidel", sagte sie, „sie sucht ein Hausmädchen."

Frau Treidel sah Anna eindringlich an. „Wir haben eine Köchin und ein Mädchen fürs Grobe. Sie müssten hauptsächlich die Zimmer richten und servieren."

„Zwanzig Mark pro Monat. Und Sie haben eine nette Kammer mit Schrank und Waschkommode", ergänzte die Begleiterin.

Das war besser als alles, was Anna sich erhofft hatte.

„Ich kann nähen! Sogar Jacken nähen! Mein Vater ist Schneider. Und …" Vor Aufregung versagte ihr beinahe die Stimme. „Und ich kann sticken und feine Stoffe bügeln!"

Aber Frau Treidel schien sich aus unerfindlichen Gründen nicht für Annas Talente zu interessieren.

Am nächsten Morgen drückte Anna um Punkt sieben auf die Klingel neben dem Dienstboteneingang, so wie es ihr aufgetragen worden war. Eine kleine, kugelrunde Person öffnete ihr die Tür. Sie stellte sich mit einem leichten Lispeln als Berta, die Köchin vor.

Anna trat über die Schwelle und stand mitten in der Küche. Auf dem Herd brodelte ein Topf, dessen Inhalt intensiven Fleischgeruch verströmte.

„Komm, Kleene, ick zeije dir, wo allet is." Die Köchin öffnete eine Tür gleich neben der Küche. „Musst nich auf'm Hängeboden schlafen wie anderswo üblich!"

Die Kammer war winzig. Das Bett, der Schrank und die Spiegelkommode drängten sich dicht aneinander. Aber es war Annas erstes eigenes Zimmer. Zuhause teilten sich acht Personen ein Häuschen mit zwei Räumen.

Berta wies auf das schwarze Kleid mit Schürze und Häubchen, das säuberlich auf einem Kleiderbügel am Schrank hing. „Also, denn zieh dir man um. Kannst jleich den Frühstückstisch abräumen."

Hastig öffnete Anna die Knöpfe ihres Kattunkleides.

Das schwarze, hochgeschlossene Dienstkleid saß wie maßgeschneidert.

Als sie die Küche betrat, stieß Berta einen ausgesprochen undamenhaften Pfiff aus und nickte anerkennend.

„Na, denn komm mal mit."

Sie sauste wie auf Rollen über den langen, holzgetäfelten Flur. „Hier links sind die Zimmer von die beeden Jungs. Max und Johann. Madamm ist mit den zweien bei ihre Eltern und kommt morjen irjendwann. Macht se immer freitags."

Berta sah sich nach allen Seiten um, als könne jemand zuhören. „Du musst die Jnädige wie een rohet Ei behandeln, hörste? Se is oft unwohl", flüsterte sie und schüttelte mitfühlend den Kopf.

Das Parkett knarrte, als sie das Speisezimmer betraten: ein großer stuckverzierter Raum, ausgestattet mit einem massiven Eichentisch, der seine Löwenpfoten in den Teppich krallte, und einer Anrichte, über der düstere Ölporträts in üppigen Goldrahmen hingen – vermutlich Treidel'sche Vorfahren.

Eine halb geöffnete, verglaste Schiebetür gab den Blick zum Salon frei, der mit großen, roten Plüschsesseln und einem Sofa in passender Farbe möbliert war. Das Sonnenlicht fing sich in den Kristalltropfen des Lüsters und warf regenbogenfarbene Tupfer an die Wände.

Was hab ich doch für ein Glück, dachte Anna.

Als sie wenig später im Speisezimmer die Tischdecke wechselte, trat der Hausherr – einen Aktenordner unter dem Arm – aus dem Salon. Ein schlanker Mittvierziger, hochgewachsen, mit vollem, dunklem Haar und einem Oberlippenbärtchen.

„Guten Morgen, gnädiger Herr," sagte Anna und machte einen Knicks.

„Guten Morgen, schönes Kind", erwiderte Treidel.

Anna wich dem Blick seiner dunkelblauen Augen aus und lief – wie sie fand, ein wenig zu hastig – zurück in die Küche.

Nach ihrem ersten Arbeitstag lag sie noch lange wach und starrte in die Dunkelheit. Es war auf ungewohnte Art still. Sie vermisste das vertraute Schnaufen und Schnarchen ihrer Geschwister im Raum.

Am folgenden Nachmittag traf Frau Treidel mit den beiden Jungen ein. Als sie ihnen über die blonden Schöpfe strich, dachte Anna an ihre kleinen Brüder, und es versetzte ihr einen Stich. Von da an verbrachte sie ganze Tage mit den Kindern.

Kaum zeigten sich die ersten Frühlingssonnenstrahlen, ging sie mit den beiden in den Thiergarten. Die Jungen trieben ihren Ball vor sich her und kreischten vor Vergnügen. Nach einem besonders heftigen Tritt flog der Ball in hohem Bogen durch die Luft und rollte einer jungen Frau vor die Füße. Anna hob ihn auf. Als sie sich aufrichtete, blickte sie in ein bekanntes Gesicht. War das nicht die kesse Rothaarige aus der Gesindevermittlung?

„Rieke?"

„Anna?!" Das Mädchen fiel Anna ohne Umschweife um den Hals. „Menschenskind, Anna!" Sie hielt Anna auf Armeslänge von sich weg und musterte sie kritisch. „Jut siehste aus, Mädel!"

Anna lächelte und strich stolz über den weichen

Musselin ihres Kleides. „Hab's nur 'n bisschen kürzer machen müssen. Meine Gnädige wird immer dünner, weißt du? Und da hat sie mir zwei von ihren alten Kleidern geschenkt."

„Ist sie krank, deine Jnädige?"

Anna zuckte die Achseln. „Ich weiß nicht. Sie nimmt Laudanum. Fast jeden Tag, und ..."

„Na komm, erzähl'!" Rieke zog Anna auf die nächste freie Parkbank und legte ihr vertraulich den Arm um die Schultern, „Det muss ick allet janz jenau wissen!"

„Nicht so wild!" rief Anna den Jungen zu und schickte sich an, von der mitunter seltsam unterkühlten Stimmung im Hause Treidel zu berichten. Doch sie kam gar nicht erst dazu, denn Rieke sprudelte nur so heraus mit ihren eigenen Neuigkeiten.

„Ob de't jloobst oder nich: Amors Pfeil hat mir jetroffen!"

„Nee!"

„Doch! Und weeßte wat?" Sie kicherte verschwörerisch, „Wenn allet jerejelt is, werd ick diesen Sommer noch heiraten!"

„Rieke, das ist ja wunderbar!" Anna drückte Riekes Hand und ließ sich von ihrem strahlenden Lächeln regelrecht anstecken. „Und? Wie heißt er denn, dein Schatz?"

„Franz! Franz von Ravenow!"

„Von Rav...?!" Unwillkürlich entwand sich Anna Riekes Umarmung. „Soll das heißen, er ist ..."

„Ja! Richtich jeraten!" jubilierte Rieke. „Meen Franz ist der jüngste Sohn von meene Herrschaft. Student isser! Vonne Rechtswissenschaften! Der wird mal wat janz Jroßet!"

Riekes Wangen glühten, und ihre Augen funkelten vor Glück.

Anna war hin- und hergerissen: Einerseits wollte sie nichts lieber als Riekes Freude teilen, andererseits kannte jedes Dienstmädchen die Geschichten jener jungen Herren, die die Finger nicht vom Personal lassen konnten. Mit einer Hochzeit hatte noch keine von ihnen geendet.

„Wat is denn mit dir?" Rieke rückte ein Stück weit von Anna ab. „Jönnste mir mein Jlück etwa nich?"

„Doch, doch", versicherte Anna hastig. „Wann soll denn die Verlobung sein?"

„Sobald der Alte von seine Jeschäftsreise zurückkommt. Kaffee-Import, verstehste?"

Anna nickte. Sie stellte sich Rieke im Brautstaat vor, am Arm eines hübschen jungen Studiosus, während die stolzen Eltern ...

„Du, Rieke," begann sie vorsichtig, „hast du dir auch richtig überlegt, auf was du dich da einlässt? Ich meine ..."

„Entschuldije!", unterbrach sie Rieke und sprang auf. „Ick muss weiter, sonst krieg ick Ärjer. Aba weeste wat? Sonntach treffe ick um viere `ne Freundin im Damen- zimmer vom Café Bauer. Die is jebildet und liest da imma die Zeitungen. Vielleicht willste ooch kommen. Und zieh det feine Kleid wieder an: is een besseret Etablissemang. Adjee!" Und schon rauschte sie mit wehenden Röcken, den Korb voller Gemüse, weiter.

Ein Treffen im Café Bauer war ein verlockendes Ange- bot. Anna hatte bisher wenig von der Stadt gesehen.

Zurück in der Treidel'schen Wohnung trug sie ein von Berta vorbereitetes Silbertablett mit Tee und kleinen Törtchen in den Salon.

Frau Treidel hatte einen Gast, eine dünne, hochgewachsene Frau, die ihr lindgrünes Kleid wirkungsvoll auf dem Plüschsofa drapiert hatte und Anna eingehend betrachtete. In ihrem ganzen Leben war Anna noch nie so ausgiebig und häufig begutachtet worden wie in der letzten Zeit. Noch bevor sie den Raum verlassen hatte, hörte sie, wie die Besucherin sagte: „Eine schmucke Person, dein neues Dienstmädchen."

Es war nicht das erste Mal, dass ein Gast so tat, als sei sie unsichtbar, damit musste Anna sich wohl abfinden. Sie blieb im Flur stehen und lauschte.

„Aber ist sie nicht eine Versuchung für Männer?"

„Ich bitte dich, Sophie, es geht ja schließlich auch ums Repräsentieren. Die Männer stört es, wenn ein Dragoner oder eine Stakete mit unreiner Haut die Tür öffnet."

„Natürlich. Aber fürchtest du nicht, dass das hübsche Blondschöpfchen auch deinem Mann gefallen könnte?"

„Ganz unter uns, Sophie ...". Ida Treidel senkte die Stimme und Anna musste ihr Ohr an die Tür pressen, um etwas zu verstehen. „... ich hab nichts dagegen, wenn sie ihm gefällt. Dann hab ich wenigstens meine Ruhe."

Anna lehnte sich gegen die Wand und spürte ein Zittern, das ihren ganzen Körper durchlief. Sie rannte in die Küche und trank hastig ein Glas Wasser. Das konnte nur ein Irrtum sein! Ein Missverständnis! Frau Treidel hatte das bestimmt nur so dahingesagt oder einfach einen Scherz machen wollen.

Kurze Zeit später ertönte Klavierspiel aus dem Salon.

„Komm, Berta, lass mich den Abwasch machen", schlug Anna vor, als der Besuch gegangen war.

„Kommt nich infrage", versetzte die Köchin. „Du hast mit die Jören jenug zu tun. Ersetzt der Gnädigen doch glatt 'ne Kinderfrau!"

Anna schmunzelte. „Heute nicht, Berta. Die Gnädige ist mit den Kindern weggefahren. Ich hab also Zeit. Und wolltest du nicht mit deinem Ludwig auf den Bäckerball?"

„Ja. Na jut, aber ..." Die Köchin zögerte, bevor sie sich die Schürze abband. „Nee! Det mach ick jetze, ooch wenn et Ärjer jibt!", sagte sie mehr zu sich selbst.

Sie lief zum Geschirrschrank, stellte sich auf die Zehenspitzen und tastete suchend mit der Hand auf dem Schrank herum. Schließlich förderte sie einen Schlüssel zutage und drückte ihn Anna in die Hand. „Der jehört zu deine Zimmertür. Für alle Fälle."

Bevor Anna fragen konnte, was das zu bedeuten hatte, war Berta aus dem Haus.

Als Anna wenig später hörte, wie die Wohnungstür geöffnet wurde, kontrollierte sie das Tablett: Die Absinthflasche, die Schale mit den Zuckerwürfeln, die Karaffe mit Wasser und das bauchige Glas, auf dem der Absinthlöffel lag – alles wie gewünscht!

Sie trug das Tablett in den Salon, knickste, sagte leise „Gute Nacht, Herr Direktor" und schickte sich an, in ihr Zimmer zu gehen.

„Nein, bleib einen Moment, mein Kind", sagte Treidel. „Komm, setz dich zu mir!" Er klopfte mit der flachen Hand auf die Polster.

„Aber ... Das schickt sich doch nicht ..."

„Ach was! Komm, ich zeig ich dir, wie man Absinth

zubereitet. Siehst du, in den Bauch des Glases kommt der Absinth, dann leg ich den Löffel mit dem Zucker auf das Glas. Über das Ganze gieß ich jetzt schön langsam Wasser. Durch die Zwischenräume in dem Löffel gelangt der aufgelöste Zucker allmählich in das Glas und vermischt sich mit dem Absinth." Er entfernte den Absinthlöffel – der Anna eher an einen durchlöcherten Tortenheber erinnerte – hielt ihr das Glas mit der milchigen, grünen Flüssigkeit hin und sah sie auffordernd an.

„Ach nein, bitte nicht. Das ist ja so was wie Schnaps. Das hab ich noch nie getrunken."

„Dann wird es Zeit."

Unsanft zog Treidel Anna neben sich auf das Sofa. „Nun trink schon!", herrschte er Anna an.

Die Atmosphäre im Raum hatte sich schlagartig verändert.

Gehorsam führte Anna das Glas zum Mund. „Das brennt in der Kehle." Sie verzog das Gesicht.

„Du hast schönes Haar", sagte Treidel und strich ihr eine Locke aus dem Gesicht.

Sein Kuss löste eine Explosion widersprüchlicher Gefühle in Anna aus. Als sie wieder zu Atem kam, wurde ihr bewusst, wie ungeheuerlich die Situation war. Sie ließ das Tablett auf dem Tisch stehen und rannte den Flur entlang in ihre Kammer.

Dort setzte sie sich benommen auf's Bett. Auf dem Tisch lag der Schlüssel, den Berta ihr heimlich zugesteckt hatte.

Der gnädige Herr war nur ein wenig angetrunken, dachte sie; das da eben wiederholt sich bestimmt nicht.

Trotzdem schloss sie ihre Zimmertür ab.

Unter den Linden war Hochbetrieb. Anna überquerte den Mittelstreifen, als ihr die großen, goldenen Buchstaben des „Café Bauer" an der Häuserfassade entgegenleuchteten.

Rieke wartete gleich neben dem Eingang. „Ick hab so jehofft, det de kommst!"

„Na, dann lass uns reingehen!"

Doch Rieke rührte sich nicht von der Stelle. „Nee, lieba bessa nich' ..." Sie starrte verlegen auf ihre Stiefelspitzen. „Bin 'n bissken knapp bei Kasse. Komm, wir loofen 'n paar Schritte, ja?"

„Und was ist mit deiner Freundin?"

„Die kommt nich. Die ha'm ihr'n Bräutjam festjenomm'; jestern bei de Kundjebung. Soll mit 'n Stein nach een Gendarm jeworfen haben. – Ick saach ja immer: Politik is' nüscht für'n einfachen Arbeeter. Det hat er nu von 't Demonstrier'n, wa?"

Sie spazierten zum Thiergarten und setzten sich auf eine Bank am Neuen See. Rieke schwieg und schaute den vorbeigleitenden Booten hinterher: junge Leute, die die Enge der Ruderbänke freudig zum Anlass nahmen, sich näher zu kommen, Kinder, die übermütig versuchten, das Boot mitsamt ihrer ganzen Familie zum Kentern zu bringen und eng aneinandergeschmiegte Liebespaare, die – halb versteckt unter den weißen Sonnenschirmchen der Damen – verstohlen Küsse tauschten.

„Rieke, du bist nur noch Haut und Knochen", stellte Anna fest, als Riekes Schweigen unerträglich wurde. „Was is denn bloß los mit dir?"

Wortlos nahm Rieke ihren Strohhut ab und entblößte

die gelb-lila-blau changierende Schwellung unter ihrem rechten Auge.

„Wie der Vater von meen Franz zurück is von seine Reise und ick meen Lohn verlangt hab, hat er mir eene jewischt. *Da haste! Mehr jibt's nich'*, hat er jebrüllt. Und denn hatter mir vor de Türe jesetzt."

„Was?!" Anna war wie vom Donner gerührt. „Aber was hat denn dein Franz dazu gesagt?"

„Nischt. Wat soll er ooch sagen? Nu könn' wer nur noch heimlich zusamm' durchbrenn', verstehste?"

„Und wo wollt ihr hin?"

Rieke zuckte die Achseln und brach in Tränen aus. „Woher soll ick denn det wissen? Ick weeß ja noch nichmal, ob meen Franz mir überhaupt noch will."

Anna strich Rieke tröstend über den Rücken. „Komm", sagte sie, „ich bring dich nach Hause."

Jenseits der Mühlendammbrücke wurden die Straßen schmaler und die Häuser schäbiger.

Rieke blieb vor einem Haus im Krögel stehen, an dessen Fassade der Putz abbröckelte. Neben der Toreinfahrt lagen ein durchgesessener Stuhl, eine Etagere und einige Haushaltsgegenstände wie hingeworfen – offensichtlich Gegenstände aus dem Laden, über dessen Tür ein verrottetes Holzbrett den Verkauf von „Gebrauchtwaren aller Art" anzeigte.

Anna folgte Rieke die Stufen hinunter zu einem Raum, der offenbar bis vor Kurzem noch als Vorratskeller gedient hatte: In einer Ecke stand eine Kiste mit Kartoffelsäcken, in der anderen ein Holzklotz mit einer Axt. Daneben waren Holzscheite gestapelt.

Die Einrichtung bestand aus einem eisernen Bettgestell, einem Brett, das als Ablage an der Wand befestigt war und einem Stuhl. Ihre spärliche Garderobe hatte Rieke an Nägeln aufgehängt.

Es roch nach Erde, Moder und Schimmel.

Anna betrachtete durch die Gitterstäbe des Kellerfensters hindurch die Füße der Vorbeilaufenden auf der Straße.

„Mit der Zeit kannst du die Leute bestimmt an ihren Schuhen unterscheiden."

„Naja, schön isset nich, aba wenigstens 'n Dach über'n Kopp." Rieke lächelte tapfer und nestelte ein handtellergroßes Porträtfoto unter der durchgelegenen Matratze hervor. „Kann ja ooch nich mehr lange dauern, bis meen Franz mir hier rausholt, wa? Kiek mal. Det isser!" Sie streckte Anna das Foto hin und einen Augenblick lang leuchteten ihre Augen wieder genauso pfiffig und verschmitzt wie damals, als die beiden jungen Frauen sich zum ersten Mal begegnet waren.

Das Bild zeigte einen schmalgesichtigen jungen Mann mit Victor-Emanuel-Bart. Er hatte die Studentenmütze kess auf die dunklen Locken gedrückt und blickte stolz und selbstbewusst in die Kamera.

„Na", sagte Rieke, „hab ick denn nu nich wirklich Jlück jehabt?"

Als Anna am nächsten Morgen das Speisezimmer betrat, saß Treidel – die zusammengefaltete Zeitung neben seinem Teller – bereits am Tisch.

Bevor Anna wusste, wie ihr geschah, zog er sie auf seinen Schoß herunter und drückte sie an sich. Anna gab erstickte Laute von sich, als er seinen Mund auf ihren presste und schob seine Hand von ihrer Brust. Schließlich gelang es ihr, sich zu befreien. Sie sprang auf und rannte den Flur entlang in die Küche. Als sie ihr Zimmer erreichte, warf sie die Tür hinter sich zu und schloss sich ein. Das Herz schlug ihr bis zum Hals.

„Anna, was soll das? Komm, mach auf!"

Anna gab keinen Laut von sich und hielt den Atem an.

Treidel versetzte der Tür einen Tritt. „Da hat die dumme Kuh wieder mal den Schlüssel rausgerückt, was? Was glaubt die denn, wer sie ist?" Ein weiterer Tritt ließ die Tür in ihren Angeln erzittern. „Was glaubst du denn, wer *du* bist?!"

„Bitte", flehte Anna. „Bitte, Herr Direktor, die gnädige Frau ist immer so gut zu mir, und ich möchte nicht ..."

„Du *möchtest* nicht?!", äffte Treidel sie nach und lachte höhnisch. „Weißt du, was deine gnädige Frau *möchte*? Die möchte, dass du jetzt, verdammt noch mal, die Tür aufmachst!"

Anna zitterte am ganzen Körper. Augenblicklich kam ihr die Szene im Salon wieder ins Gedächtnis: „.... *ich hab nichts dagegen, wenn sie ihm gefällt. Dann hab ich wenigstens meine Ruhe ...*"

Sie bewegte sich nicht von der Stelle.

„Meinst du, du wirst hier für's dumm Rumstehen bezahlt?!" brüllte Treidel und warf sich mit ganzer Kraft gegen die Tür.

Doch das Schloss hielt stand.

Am nächsten Morgen wurde Anna entlassen.

„... wegen liederlichen Lebenswandels", hieß es im Gesindebuch.

Der Weg zum Krögel zog sich in die Länge und der Strohkoffer, der Annas Habseligkeiten enthielt, schien mit jedem Schritt schwerer zu werden. Aber wohin sollte sie gehen? Riekes Kellerwohnung war der einzige Ort, an dem sie Zuflucht suchen konnte. Vielleicht – so sagte sie sich immer wieder – vielleicht fand sich eine Stelle in einer Fabrik. Auf eine Anstellung als Hauspersonal konnte sie nach ihrer Entlassung nicht mehr hoffen.

Als Anna den Kellerraum betrat, fuhr sie erschrocken zurück. Eine Frau kniete auf dem Steinfußboden und bearbeitete mit einer großen Bürste einen Fleck. Sie hob den Kopf. „Wer bist du und was willst du?", fragte sie barsch.

„Ich bin eine Freundin von Rieke."

Beklommen sah Anna sich im Keller um. Nichts deutete mehr auf Riekes Anwesenheit hin. Die Matratze war vom Bettgestell entfernt worden und die Sprungfedern glänzten matt im Halbdunkel. Auch Riekes Kleider hingen nicht mehr an der Wand.

„Was ist passiert?"

Die Frau stand auf und glättete ihren Rock. „Maria," sagte sie und streckte Anna ihre nasse, schwielige Hand hin. „Ich weiß, wer du bist. Rieke hat mir von dir erzählt."

Die Frau war einige Jahre älter als Anna. Der strenge Ausdruck ihres kantigen Gesichts wurde durch den Mittelscheitel und die pechschwarzen Haare noch betont. „Wie du siehst, kommst du zu spät."

„Aber ... ich weiß doch überhaupt nicht, was passiert ist", stammelte Anna.

„Herrgott noch mal, du hast es doch kommen sehen,

oder?!" Unvermittelt warf Maria die Bürste so heftig in den Putzeimer, dass das Wasser überschwappte.

Es war rot.

„Was wohl wird wohl passiert sein, hm? Das Übliche!"

„Ich weiß nicht, wovon Sie sprechen ..."

„Oh doch, das weißt du ganz genau! Er hat gesagt, sie muss es wegmachen lassen und das dumme Gör hat geglaubt, dann wird alles gut!"

„Sie ... Rieke war ... sie hat eine Engelmacherin ...?", flüsterte Anna fassungslos.

Ehe sie weitersprechen konnte, nahm Maria sie bei den Schultern und schüttelte sie wie eine Stoffpuppe. „Du hättest es doch besser wissen müssen, verdammt noch mal! Warum hast du ihr nichts gesagt? Ihr Dienstmädchen wisst doch genau, wie's läuft!"

„Aber sie war doch so glücklich ..."

„Glücklich?! Nennst du das hier vielleicht glücklich?!" Maria griff in Annas Nacken und zwang ihren Blick auf den bräunlichen Fleck auf dem Fußboden. „Verblutet ist sie! Während ihr feines Herrchen Unter'n Linden flaniert und 'ner reizenden jungen Dame aus gutem Hause den Hof macht!"

Als Anna sich abwandte, fiel ihr Blick durch die Bettfedern hindurch auf Franz von Ravenows Porträt. Langsam hob sie es auf.

Marias Stimme drang nur noch gedämpft zu ihr durch: „Mir hat sie doch nicht geglaubt! Ich hab ihr tausendmal gesagt, es ist immer noch besser, jeden Tag zehn Stunden am Reißwolf zu stehen, als den gnädigen Herrn ..."

Das Geräusch sich nähernder Schritte riss die beiden Frauen aus ihren Gedanken.

„Rieke? Ich wollt nur mal fragen: Alles gut hinter dich gebracht?"

Augenblicke später stand ein junger Mann in der Tür, in vollem Couleur, das Studentenkäppi kess auf die dunklen Locken gedrückt.

Der Hauklotz zum Feuerholzmachen stand immer noch in der Ecke.

Franz von Ravenows Leiche wurde neun Tage später gefunden; angeschwemmt ans Ufer der Rummelburger Bucht. In seiner Stirn klaffte eine tiefe Wunde.

„Ein Beil, eine Axt oder sowas", stellte der ermittelnde Beamte fest.

Maria und Anna sahen sich nie wieder.

ZUR GESCHICHTE DER GESCHICHTE

Im Zuge der Industrialisierung zogen Tausende junger Frauen vom Land in die prosperierenden Städte, um dort „in Stellung" zu gehen. In den Haushalten des aufstrebenden Bürgertums waren sie schutzlos der Willkür ihrer ArbeitgeberInnen ausgesetzt. Wurde einem Mädchen oder einer jungen Frau im obligatorischen Gesinde-Dienstbuch ein „liederlicher Lebenswandel" attestiert, blieb der Betreffenden oft nur der Weg in die Prostitution.

László I. Kish

PANDORAS BÜCHSE

Das Wasser tröpfelt aus dem Brouilleur über den Zucker in das Absinthglas. Die Tropfen, die in die hellgrüne, klare Flüssigkeit eintauchen, werden nach kurzer Zeit milchig.

Alexander legt seinen Kopf auf den Tisch, ganz nahe vor das Glas, sodass es sein gesamtes Sichtfeld einnimmt. Mit jedem auftreffenden Tropfen erzittert die Flüssigkeit von Neuem. Opaken Meteorschweifen gleich wabert das Wasser durch den Absinth, vermischt sich immer mehr damit und lässt allmählich das ganze Getränk erblinden. Trübe, weiße Augen eines blinden Propheten.

Am 22. April 1915 wurde Alexander Riel zum Mörder. Wenig später war ihm klar, dass er als Nächstes den Kaiser töten und den Lauf der Geschichte ändern würde.

Es kam nicht unvorbereitet, nicht aus heiterem Himmel. Wenn er ehrlich war, musste er zugeben, dass es schon Jahre vorher angefangen hatte. Irgendwann im Verlauf der letzten Jahre hatte er sich falsch entschieden. Aber wann? Wann hatte er begonnen, den eingeschlagenen Pfad zu verlassen? Wo war diese Weggabelung, an der er nicht richtig abgebogen war? Wann hatte er sein Ziel aus den Augen verloren? Wann hatte er angefangen, sich selbst zu belügen?

Seit er denken konnte, wollte er eine bessere Welt schaffen; ohne Mangel, ohne Elend.

Auch wenn Alexander selbst niemals hatte hungern müssen, waren die Geschichten von Mangel und Not in seiner Familie allgegenwärtig. Sie hatten sein Denken geprägt. Geschichten von Missernten und Kartoffelfäule oder der Schwester seines Urgroßvaters, die eines Tages völlig entkräftet mitten in Alexanders Heimatstadt Simmern zusammengebrochen war. Von dem Onkel, der nach Amerika aufbrach, der Verheißung eines besseren Lebens folgend. Und von dem namenlosen Heer von Bettlern, die sich um die wenigen Lebensmittel prügelten, solange die Kraft dazu noch ausreichte.

„Hunger, Krieg und Ungeziefer sind die schlimmsten Feinde der Menschlichkeit." So endeten die regelmäßig wiederkehrenden Ermahnungen seines Vaters. All diese Geschichten hatten in Alexander den Wunsch geweckt, sein Leben in den Dienst der weltweiten Ausmerzung des Hungers zu stellen.

Er hat es nicht mehr ausgehalten drüben in der Direktionsvilla. Sie feiern. Lautstark.

Sie feiern den erfolgreichen Einsatz der neuen Wunderwaffe, auf deren Entwicklung Geheimrat Professor Haber in seinem kaiserlichen Institut in Dahlem so stolz war. Fünftausend tote Franzosen! Weitere zehntausend kampfunfähig! So sieht moderne Kriegsführung aus!

Zugegeben: Dem Laien mochte die ganze Sache unmenschlich erscheinen, falls er sich überhaupt Gedanken darüber machte und nicht einfach nur im nationalen Siegesrausch den „Ypern- Tag" mitfeierte. Doch jenen, die sich mit der grausamen, dabei – wie zweifellos feststand – notwendigen Kunst der Kriegsführung auskannten, war klar, dass diese neue Waffe den Kriegen der Zukunft ein menschlicheres Antlitz verleihen würde. Sie würde Kampfhandlungen abkürzen und somit viele Menschenleben retten.

Vor allem die der eigenen Soldaten.

Auf der einen Seite begrüßte es Alexander, wenn das Sterben abgekürzt wurde, andererseits hatte er unauslöschlich den in Agonie nach Luft schnappenden Franzosen vor Augen, Mund und Nase verklebt mit dem schaumigen Ausfluss seiner sich zersetzenden Lungen, der den Stoß mit dem Bajonett durch sein Herz als Akt der Barmherzigkeit empfinden musste.

„Jeder Stoß ein Franzos!"

Im Salon der Direktionsvilla hatte er die Gespräche irgendwann nur mehr in verzerrten Bruchstücken wahrgenommen, Stimmen unter Wasser, die vom Rauschen des Blutes in seinen Ohren übertönt wurden.

Er musste an die Luft. Der dichte Zigarrenqualm brannte in seinen Augen und Brechreiz ließ seine Atmung flach werden. Den Ministern, Generälen und den Nobelpreisträgern würde das Fehlen eines technischen Assistenten wohl kaum auffallen. Zu aufgekratzt war die Stimmung nach diesem gewaltigen Erfolg. Der Geheimrat war sogar zum Hauptmann befördert worden. Man sang vaterländische Lieder.

Alexander war blindlings aus der Villa gestolpert. Die Nachtluft tat ihm gut, das Knirschen seiner Schritte auf dem Kiesweg gab ihm die Gegenwart zurück, nicht aber den Seelenfrieden. Er würde eine Verbündete brauchen, um wieder klar denken zu können. Seine Hoffnung ruhte auf der Mildtätigkeit der Grünen Fee und er wusste, wo er sie finden konnte: Am anderen Ende des Gartens, im Institutsgebäude wartete sie auf ihn.

Noch immer hört Alexander die Schreie, das Husten und Würgen. Die verzweifelt gurgelnden Laute, die Versuche, sich ans Leben zu klammern, während die Lungenbläschen sich verflüssigen und ein grausames, qualvolles Ersticken ankündigen.

Der Wind hatte die grüne Nebelwand vor sich hergetrieben und Alexander war ihr in geringem Abstand gefolgt. Sein Auftrag war, die Wirkung zu beobachten und später darüber zu berichten. Die dünne, feuchte Mullbinde über Mund und Nase hatte nur wenig Schutz geboten. Sie diente hauptsächlich der Beruhigung der eigenen Truppen und der Erhaltung der Kampfmoral. Hin und wieder war Alexander dem Gas zu nahe gekommen. Dann wurde der allgegenwärtige Chlorgeruch so stechend, dass seine Augen zu tränen anfingen, und die Schleimhäute in Nase und Mund brannten, als habe er sein Gesicht in flüssige Lava gedrückt. Da half nur zurückzubleiben und Augen und Schleimhäute mit kaltem Wasser aus der Feldflasche auszuspülen. Das vermochte kurze Linderung zu verschaffen.

Häufig waren ihm die Ungestümen des Regiments

wieder entgegengekommen. Behindert im Vorwärtsstürmen hatten sie sich die feuchten Mullbinden abgerissen. Jetzt keuchten und röchelten sie und wollten sich schier die Augäpfel aus den Höhlen kratzen. Vor einigen Minuten noch waren sie mit lautem „Hurra!"-Geschrei losgestürmt, begierig, nach dem mehrere Monate andauernden Stillstand, aus den Schützengräben zu kommen, sich auf dem Feld der Ehre endlich den Feinden zu stellen und möglichst viele von ihnen zu töten. Für Kaiser und Vaterland.

„... Krieger- und Heldenthat, finde Dein Lorbeerblatt ..."

Trotz seines unbestreitbaren Talentes war es Alexander Riel nicht vorherbestimmt, ein großer Wissenschaftler zu werden. Der frühe, kindliche Wunsch, den Hunger in der Welt zu besiegen, reichte alleine nicht aus. Hätte nicht der alte Kommerzienrat Needers in ihm den Sohn gesehen, den er niemals hatte, wäre ihm nicht sein schon in jungen Jahren ausgeprägter, scharfer Verstand aufgefallen und wäre er nicht zum Förderer und Gönner des aufgeweckten Jungen geworden, wäre für Alexander der Weg zur höheren Bildung versperrt geblieben. Dazu fehlte es seiner Familie schlicht an den erforderlichen Mitteln. Mit Needers' Unterstützung jedoch konnte Alexander das Realgymnasium in Simmern absolvieren und an der Technischen Hochschule in Karlsruhe bei Professor Haber das Studium der Chemie aufnehmen.

Doch im selben Ausmaß wie Unterstützung ein Segen sein kann, wird ihr unerwartetes Versiegen zum Fluch. Das überraschende Ableben des Kommerzienrates bedeutete für Alexander nicht nur den schmerzlichen Verlust eines väterlichen Freundes, sondern auch das Ende seines großen Traumes. Ohne die großzügige jährliche Apanage seines Gönners war ein Fortsetzen des Studiums ausgeschlossen.

„Ich sähe es nicht gerne, wenn Sie uns verlassen, zumal Sie ein so talentierter Student sind." Das Bedauern von Professor Haber war aufrichtig. „Nur wenige ihrer Kommilitonen wissen so genau wie Sie, wozu sie Chemie studieren."

Der hagere junge Mann war Haber von Beginn an aufgefallen als ein Getriebener, jemand, der eine Vision verfolgte, ein großes Ziel hatte. Ein seltenes Exemplar unter den Herren Studiosi, die sich nach Habers Ansicht viel eher für die toxische Wirkung von alkoholischen Getränken interessierten als für ihr Studium. Und natürlich schmeichelte es ihm, dass Alexander ausgerechnet seine Fachrichtung, die technische Chemie, als Schwerpunkt seines Interesses angegeben hatte.

„Ich will es kurz machen, Riel", hatte Haber gesagt, „ich würde Sie nur ungern ziehen lassen. Sie kennen meine Forschung, Sie sind ein inspirierter junger Mann und ein guter Wissenschaftler, und Sie interessieren sich für die Stickstoffgewinnung. Wenn selbst ein Justus von Liebig an der Aufgabe gescheitert ist, wird deutlich, dass ich jeden tüchtigen Mitstreiter brauchen kann."

Tatsächlich hatte den letzten Ausschlag für Alexanders Fächerwahl die viel beachtete Rede Sir William Crookes gegeben, eines britischen Chemikers, der ein paar Jahre zuvor in Bristol vor einer Hungerkatastrophe nie da gewesenen Ausmaßes gewarnt hatte:

„Auf Dauer wird es unmöglich sein, der beständig anwachsenden Bevölkerung der Erde Brot zu schaffen, wenn es nicht gelingt, auf künstlichem Wege dem Boden die erforderliche Stickstoffdüngung zu geben. Die Möglichkeit den in der Luft befindlichen Stickstoff in Bindung zu bringen, ist aus diesem Grunde eine der größten Erfindungen, die nur darauf wartet, durch den Scharfsinn der Chemiker zweckentsprechend nutzbar gemacht zu werden."

Alexander war beseelt von dem Gedanken, jener scharfsinnige Chemiker zu werden, dem es gelingen würde, den Stickstoff für die Herstellung von Dünger – und damit zur gesicherten Ernährung der Menschheit – nutzbar zu machen.

Die einzigen Quellen für Stickstoffdünger waren die wenigen Salpeterminen in Südamerika. Doch die Vorräte wären nach Crookes Prognosen in dreißig Jahren aufgebraucht. Außerdem war der Transport teuer und die Transportwege waren lang und unsicher.

„Die Stelle meines technischen Assistenten ist seit Längerem vakant", hatte Haber erklärt. „Die Bezahlung ist anständig, Sie bleiben der Chemie erhalten und ich verspreche Ihnen, Riel, ich werde Sie im Rahmen meiner Möglichkeiten fördern. Was meinen Sie?"

Alexander hatte sich unendlich geschmeichelt gefühlt. Professor Haber sah in ihm, Alexander Riel, dem mittellosen Studenten aus dem Hunsrück, einen möglichen Mitstreiter im Kampf gegen den Hunger in der Welt!

Es hat lange schon aufgehört zu tropfen und der Zucker hat sich bereits gänzlich aufgelöst, als Alexanders Gedanken wieder zur Gegenwart zurückkehren. Er wirft einen kurzen Blick in den leeren Brouilleur, nimmt ihn vom Glas und leert den Absinth in einem Zug. Es schüttelt ihn leicht, bevor sich die warme Leere in seinem Bauch ausbreitet. Das war nicht das erste Glas heute und es würde mit Sicherheit nicht das letzte bleiben. Allein: die Bilder in seinem Kopf wollen und wollen nicht verblassen. Der Angriff ist fast schon zwei Wochen her, doch die Gnade des Vergessens wird ihm einfach nicht zuteil; gleichgültig, wie oft er sein Absinthglas leert.

„Im Frieden alles für die Menschheit, im Krieg alles fürs Vaterland", war Habers schroffe Antwort, als Alexander vorsichtig, ja fast schon bang, die Frage nach der Moral hatte anklingen lassen.

Mit jedem Glas verdeutlichen sich allmählich die Umrisse seiner zunächst nur vagen Idee. Er muss diesen Krieg beenden, um seinem inneren Frieden wieder näher zu kommen! Er muss ihn beenden!

Haber hatte nicht zu viel versprochen. Alexander war an jeder seiner maßgeblichen Forschungen beteiligt und genoss als technischer Assistent des Professors dessen Unterstützung und Vertrauen. Die Ammoniaksynthese war ihr großes, gemeinsames Ziel; Brot für das Kaiserreich und die ganze Welt. Manchmal tüftelten sie wochenlang an einem Problem herum, rechneten, planten, experimentierten, verwarfen und rechneten erneut.

Es gab unterschiedliche Wege, Ammoniak zu gewinnen und einige wurden bereits erforscht. Doch entweder waren sie zu aufwendig, oder schlicht zu unergiebig.

Ihre Herangehensweise jedoch war von bestechender Eleganz, weil sie eine einfache chemische Gleichgewichtsreaktion beinhaltete. Die einzelnen Elemente von Ammoniak wurden unter hohem Druck oder großer Wärme aneinander gebunden. Allerdings barg die technische Umsetzung kaum lösbare Probleme, und die Fachwelt war sich einig, dass dieser Weg „auch in Zukunft absolut aussichtslos" sein würde.

Doch trotz aller Rückschläge gaben sie nicht auf, und am 2. Juli 1909 war es dann soweit. Sie hatten bis Mittag mit dem Aufbau der Versuchsapparatur zu tun, einige Verbindungsteile waren zu locker und mussten nachjustiert werden. Und dann schließlich am Nachmittag hörte er sich „es tröpfelt" sagen. Das erste Ammoniak, das sie auf künstlichem Wege hergestellt hatten!

Alexander war von der Größe des Augenblickes überwältigt. Er war dabei! Am Ende dieser Entwicklung stünden weite, ertragreiche Felder, die mit reichen Ernten eine glückliche und zufriedene Bevölkerung ernährten! Ein Leben in Wohlstand und Frieden! Professor Haber und er hatten die Menschheit ins Paradies zurückgeführt.

„Deutsche Chemiker besiegen den Hunger in der Welt."

Alexander sah die Schlagzeile deutlich vor sich. In großen Buchstaben. Er hatte kurz innegehalten; wäre er ein gläubiger Mann gewesen, hätte er jetzt gebetet. So aber hatte er einfach die Augen geschlossen und für einen kurzen Augenblick an Kommerzienrat Needers gedacht. Alexander empfand tiefe Dankbarkeit.

Es waren nur ein paar Tropfen gewesen, mit dem unverkennbar stechenden Geruch, doch bis zur industriellen Herstellung war noch sehr viel Arbeit vonnöten. Das wusste Alexander. Sie waren noch weit entfernt von „fertig". Damals schätzte er, dass es etwa zehn Jahre dauern würde, bis genügend Stickstoffdünger produziert werden konnte, um die gesamte Nation zu versorgen.

Aber es sollte sehr viel schneller gehen bis zur reichen Ernte; allerdings eine ganz andere, als er sich vorgestellt und gewünscht hatte.

Das Glas ist wieder gefüllt mit Absinth, Alexander hat den Brouilleur bereits aufgesteckt, und auch der Würfelzucker ist auf dem Ziersieb platziert.

Der große Tag damals ist jetzt schon beinahe sechs Jahre her und Alexander erinnert sich mit Erstaunen seiner Naivität. Natürlich wusste er, dass sich Ammoniak in Salpetersäure und Ammoniumnitrat umwandeln ließ und beides Substanzen waren, die auch zur Herstellung von Schießpulver und Sprengstoffen dienten. Das war kein Geheimnis, das war Basiswissen eines Chemikers.

Er träufelt ein wenig Wasser aus der Karaffe auf den Zucker, bis dieser sich ganz vollgesogen und schließlich in seine Bestandteile zersetzt hat.

Und trotzdem: Es war ihm einfach nicht in den Sinn gekommen. Sein Denken war so stark auf die Herstellung von Kunstdünger gerichtet, dass da nichts anderes stattfinden konnte. Wie der Mann auf der Lokomotive, der seinen Blick auf das Licht am Ende des Tunnels konzentriert.

Die ersten Tropfen Zuckerwasser wachsen auf der Unterseite des Siebes heran, bis sie schwer genug sind, in die hellgrüne Flüssigkeit im Glas zu fallen.

Sie haben schließlich Schießpulver daraus gemacht und die Schlachtfelder mit Leichen gedüngt. Reiche Ernte.

„Es muss denn das Schwert nun entscheiden!"

Ohne ihre Erfindung, ohne die Haber-Bosch-Synthese und deren tonnenweisen Missbrauch auf Befehl des Kaisers, wäre der Krieg schon lange aus. Noch vor Ostern hätte das Reich sein Pulver verschossen gehabt.

Doch plötzlich hatten unbeschränkte Mittel für die Forschung und den Aufbau großindustrieller Produktion zur Verfügung gestanden. Uniformierte gingen ein und aus. Grüßten freundlich. Erkundigten sich nach den Fortschritten. Nach einigen weiteren technischen Verbesserungen war es endlich so weit. Das Heer würde rechtzeitig Nachschub an Munition erhalten, um dem Kaiser die Schmach einer Niederlage zu ersparen. In letzter Minute.

Fast die gesamte Ammoniakproduktion ging jetzt an das Kriegsministerium. Die Bauern erhielten gerade genug, um nachweisen zu können, dass der neue Dünger äußerst wirksam war. Um die Versorgung der hungernden Bevölkerung merklich zu verbessern, reichte die hierfür zugestandene Menge nicht aus. Statt Kartoffeln zu ernten, wurde erst einmal deren Bestand erfasst und verwaltet.

Keiner fühlte sich bemüßigt, seine Stimme zu erheben. Auch Alexander nicht. Das warf er sich bis heute vor.

„Für Kaiser und Vaterland!"

Er muss diesen Krieg beenden.
„Es muss denn das Schwert nun entscheiden!"

Der Absinth schmeckt nach leicht klebrigem Wermut. Das Schlachtgetümmel in Alexander Riels Kopf scheint endlich von weiter weg zu kommen. Es wird langsamer und dumpfer. Kein wirklicher Frieden, doch zumindest ein bisschen Ruhe. Die Sterbenden schreien nicht mehr ganz so laut.
„Der Kaiser ist ein lieber Mann."
Er wird ihn erschießen. Heute Nacht.
Es hieß, der Kaiser werde es sich nicht nehmen lassen, den Erfinder der Wunderwaffe persönlich zu beglückwünschen und ihn heute mit seiner Anwesenheit beehren. Orden, Champagner, Herrenwitze.
Heute Nacht wird Alexander Riel den Krieg beenden.
Der Kaiser wird sterben. Heute Nacht.

„Wir vermögen den Ausfall der Salpeterlieferungen aus Chile trotz aller Bemühungen nicht hinreichend zu kompensieren. Wir dürfen nicht zulassen, dass der Erfolg dieses Krieges gefährdet wird. Ich erwarte schnelle Ergebnisse, meine Herren." Die Ansage des Direktors des Kaiser-Wilhelm-Institutes für physikalische Chemie in Berlin-Dahlem war kurz und klar.

Zusammen mit den führenden Chemikern des Reiches hatte auch Haber der obersten Heeresleitung versprochen, sie mit ausreichend Ammoniak zu versorgen. Angesichts der eben erst angelaufenen Großproduktion ein mutiges Versprechen!

„Das reicht nicht."

Mehrfach hörte Alexander den Geheimrat diese unheilvolle Vorahnung wiederholen.

Im engsten Kreis seiner Vertrauten, zu denen sich auch Alexander zählen durfte, wurde Haber deutlicher: „Sollten wir diesen Krieg verlieren, so wäre das das Ende des Deutschen Reiches, wie wir es kennen. Ich gehe so weit, zu sagen: Es wäre das Ende der Welt, wie wir sie kennen. Wenn wir nicht genügend Pulver haben, müssen wir eine andere Lösung finden, den Feind zu schlagen."

Alexander hatte kaum zu atmen gewagt. Er wusste, was Haber damit meinte. Sie hatten im Labor schon oft über die ungeheuren Mengen an Chlorabfällen, die bei der Munitionsproduktion anfielen, gesprochen.

„Gas?"

„Sie werden husten und die Waffen wegwerfen, und des Kaisers Soldaten können sie einfach einsammeln", hatte Haber emotionslos erklärt.

Alexander war damals schon angewidert gewesen und er war es jetzt noch. Wenn schon Krieg, dann Mann gegen Mann mit offenem Visier. Ratten vergaste man! Ungeziefer! Aber doch keine Menschen! Nicht einmal Franzosen. Nein! Das war unehrenhaft.

Es war Zeit, die Reißleine zu ziehen.

Doch was konnte er tun? Ohne den Professor hatte er keine Macht. Er hätte sich lediglich verweigern können, mit allen Konsequenzen. Hätte er nicht mehr Einfluss, wenn er bliebe? Würde er nicht seiner Sache besser dienen können? So konnte er vielleicht das Schlimmste verhindern. Er würde der Mahner sein an der Seite Habers.

Irgendwo tief in seinem Innersten wusste Alexander,

dass er sich selbst belog. Doch er ließ sich von seiner inneren Stimme nur zu gern davon überzeugen, dass die Konsequenzen jeder alternativen Möglichkeit allesamt noch unerfreulicher gewesen wären.

Haber respektierte die Bedenken seines Assistenten. Er erinnerte sich, dass sie gemeinsam den Kampf gegen den Hunger gefochten hatten. Und auch gewonnen – zumindest theoretisch. Zweifellos hatte ihnen der Krieg einen bösen Strich durch die Rechnung gemacht. Fraglos aber musste das Kaiserreich als Sieger aus dieser Schlacht hervorgehen. Es war eine vaterländische Pflicht, Opfer zu bringen: Je effektiver die Feuerkraft, desto kürzer der Krieg, desto eher die Möglichkeit, sich dem eigentlichen Ziel, der Ausmerzung des Hungers, zu widmen.

„Im Frieden alles für die Menschheit, im Krieg alles für das Vaterland."

Die einfache Logik musste doch Alexander einleuchten.

Die Haager Landkriegsordnung untersagte lediglich das Vergiften von Wasser, Lebensmitteln und Boden und das Verschießen vergifteter Pfeile, nicht aber von Geschossen, die Gift freisetzen. Zudem handelte es sich bei Chlorgas nicht um ein Giftgas im eigentlichen Sinne: Es verursachte Reizungen, nicht aber den Tod. Sein Einsatz war also moralisch nicht zwingend abzulehnen.

Um Alexanders Zweifel diesen Punkt betreffend auszuräumen, war Haber bei einem ihrer Tests gemeinsam mit ihm kurz in eine Chlorgaswolke hineingeritten. Mit leichten Verätzungen, brennenden Augen und einem üblen Hustenanfall hatten sie diesen Selbstversuch knapp überlebt. Aber eben: überlebt.

Ja, ein Krieg war furchtbar. Doch wenn er schon geführt werden musste, dann mit aller Härte und Kunst. Nur so konnte er innerhalb kürzester Frist beendet werden. War das nicht die eigentlich moralischere Haltung?

Die Schießpulverproduktion vermochte wie befürchtet nicht die erforderlichen Mengen zu liefern. Es musste dringend Ersatz her. Etwas, das schnell und kostengünstig hergestellt werden konnte und das auf dem Schlachtfeld eine verheerende Wirkung hatte. An einigen Frontabschnitten liefen Versuche, dem Feind mit siedendem Öl beizukommen.

Haber lehnte dieses archaische Mittel jedoch als eine dem zivilisatorischen und technischen Entwicklungsstand des Reiches unwürdige Art der Kriegsführung vehement ab.

Klebrig.
  Zu viel Zucker.
  Schmeckt ihm der Absinth oder schmeckt er ihm nicht? Die Frage spielt keine Rolle mehr. Die Flasche neigt sich dem Ende zu. Die Fee wird langsam müde. Der geladene Webley liegt neben Alexander Riel auf dem Tisch. Doch der grüne Nebelschleier, der durch das Glas schwimmt, hat Riels ganze Aufmerksamkeit magisch auf sich gezogen. Aus dem Nebel winkt ihm der Kaiser zu. Ihre Wege würden sich sehr bald schon kreuzen.
  „Der Kaiser ist ein lieber Mann, er wohnet in Berlin ..."

Alexander hatte wider besseres Wissen weitergemacht. Er half unter Habers Leitung der geheimen Arbeitsgruppe der Kriegsrohstoffbehörde, Giftgaswaffen zu entwickeln.

Schuldig.
Aber es hat doch gute Gründe dafür gegeben. Vernünftige Gründe. Das kleinere Übel.

Er hatte die technische Vorbereitung des ersten Angriffes geleitet, hatte Tausende Gasflaschen im Nordbogen bei Ypern im flandrischen Boden eingegraben.
Schuldig.
Sobald der Wind günstig stünde, würden diese Flaschen geöffnet und das Gas in die Richtung der Feinde geblasen werden.
Schuldig.

Alexander wusste: Einmal geöffnet, wäre die Büchse der Pandora nicht mehr zu verschließen.

Am Sonntag, dem 11. April 1915 waren alle Vorbereitungen abgeschlossen, alle 5730 Flaschen eingegraben und auf die feindlichen Stellungen ausgerichtet. Die „Desinfektionskompanie" wartete auf ihren Einsatz.
Aber der Wind kam beständig aus der falschen Richtung. Es war Alexanders größte Hoffnung, dass dies auch weiterhin so bliebe. Den Mitgliedern des Generalstabes, die den Einsatz von Giftgas so gut wie einstimmig missbilligten, könnte das Zeit verschaffen, diesen zu verhindern: Kronprinz Rupprecht von Bayern zum Beispiel hatte zu bedenken gegeben, dass für den Fall, dass der Feind ihrem Beispiel folgen würde bei der an der Westfront vorherrschenden westöstlichen Windrichtung zehnmal öfter Gas in Richtung der kaiserlichen Truppen strömen werde als umgekehrt.

Es gab also gewichtige und namhafte Gegner dieser Methode. Der Einsatz war noch längst nicht beschlossene Sache. Doch die Zeit drängte.

Zweimal bereits hatte General Deimling den Befehl gegeben, das Chlorgas in die feindlichen Stellungen abzublasen. Gegen den ausdrücklichen Rat seiner eigenen Regimentskommandeure. Beide Male hatte der Wind in letzter Sekunde gedreht, sodass der Angriff abgesagt werden musste.

Alexander hatte aufgeatmet. Sie hatten noch eine Galgenfrist. Aber niemand wusste, wie lange.

Auch am übernächsten Donnerstag – es war der 22. April – kam der Wind den ganzen Tag aus westlicher Richtung. Die tödliche Routine des Grabenkrieges beherrschte auch diesen Tag. Vielleicht war es etwas kälter, als für die Jahreszeit üblich. Die „Desinfektionskompanie", der Alexander zugeteilt war, erlebte einen für die herrschenden Verhältnisse ruhigen Tag.

In Berlin war das Straßenbahnunglück am Reichstagsufer das Stadtgespräch. Ein Straßenbahnwaggon war in die Spree gestürzt. Fünf Tote, acht Personen waren verletzt worden.

„'ne Handvoll Tote in Berlin und alle reden darüber. Große Tragödie! Bei uns: ein Zigfaches an Leichen. Spricht keiner drüber, unwichtig. Lang lebe der Kaiser!"

Alexanders Sprache ist undeutlich und er ist der Einzige, der sie hört, denn um diese Zeit ist außer ihm niemand im Institutsgebäude. Die Herrschaften feiern immer noch, drüben in der Direktionsvilla. Man lässt den frischgebackenen Hauptmann

*und seine Spießgesellen von Trinkspruch zu Trinkspruch erneut
hochleben. Sie feiern den „Tag von Ypern". Ganz Deutschland
feiert mit. Fünftausend tote Feinde.*

„Wenn das kein Grund zum Feiern ist ..."

*Während Alexander vor sich hinbrabbelt, überprüft er die
Patronenkammer des Webleys. Jede Kammer geladen, jede
einzelne Kugel für den geliebten Kaiser. Heute Nacht.*

Bald. Bald. Bald. Bald.

Er muss nur warten.

*In der Flasche ist Gott sei Dank noch genug für ein letztes
Glas.*

*„Ein Abschiedstrunk." Alexander legt den Würfelzucker auf
das Sieb im Brouilleur. „Heil Dir im Siegerkranz ..."*

Gegen siebzehn Uhr hatte sich der Wind gedreht. Nord-
ostwind. Der Einsatzbefehl von General Deimling ließ
nicht lange auf sich warten. Um achtzehn Uhr wurden auf
einem sechs Kilometer langen Frontabschnitt Tausende
von Gasflaschen geöffnet. Sofort strömten die grüngelben
Dämpfe in Richtung des Feindes. Endlich war der Wind
auf der Seite des Kaisers. Das Gas schoss zischend aus den
Druckbehältern und begann, getrieben vom Wind, seine
todbringende Reise. Bis die Flaschen leer waren, hatte sich
die Wolke bereits einen knappen Kilometer in die feindlichen Stellungen hineingefressen.

Das große Sterben hatte begonnen, noch bevor die
kaiserlichen Truppen ihre Schützengräben verlassen
hatten.

Tote Vögel fielen mit dumpfem Klatschen zu Boden.
Zuerst nur vereinzelt, dann nahm die Zahl der Aufschläge
rasant zu. Ein kurzer, heftiger Hagel kleiner Vogelkörper

ging hinter der giftigen Wolke nieder. Die Fläche zwischen Alexander und dem Rücken der Gaswand war übersät mit Vogelkadavern. 180.000 Kilo verflüssigtes Chlor hatten ihre Ernte begonnen. Die Tiere starben leise.

Bevor das überraschte Angstgeheul des Feindes begann, war es für einen kurzen, gespenstischen Augenblick vollkommen still ...

„Gott vergib uns", murmelte Alexander.

Dann brach die Hölle los.

Angst, Nichtglaubenkönnen, Erstaunen, Schmerzen, Todeskampf. Der mächtige Chor des Sterbens hatte viele Stimmen. Sie schrien, jammerten, husteten, röchelten, beteten und fluchten wild durcheinander.

Es gab kein Entrinnen, keinen Schutz. Das Gas setzte sich auf die Schützengräben und kroch bis in den hintersten Winkel hinein.

Der Tod, den es brachte, war qualvoll.

Als die grüne Wolke bereits einen guten Vorsprung und den Feind schon weitestgehend kampfunfähig gemacht hatte, erhielten die Pioniereinheiten den Befehl zum Angriff. Mit aufgepflanzten Bajonetten stürmten sie los. Trotz der Mullkissen, die sie über Mund und Nase trugen, ließen sie sich das laute „Hurra!"-Schreien nicht nehmen.

Die Kissen waren mit einer Sodalösung getränkt und sollten sie vor den fatalen Folgen des Gases schützen. Zwar waren sie lästig und einige Soldaten empfanden sie als Behinderung, doch schützten sie zumindest die Lungen und die Atemwege.

Dass die Männer überhaupt irgendeinen Schutz erhielten, hatten sie Alexander zu verdanken. Haber hatte an so etwas zunächst gar nicht gedacht. Doch die Notwendigkeit, die eigenen Soldaten vor dem Gas zu bewahren, hatte eingeleuchtet, und Haber hatte einen leicht herzustellenden und billigen Atemschutz entwickeln lassen.

Alexander hatte vom Unterstand aus den Weg der Wolke über die geschundene Kraterlandschaft beobachtet. Alle Emotionen waren abgestellt, er funktionierte einfach. Er versah seine Aufgabe. Er notierte Zeiten, berechnete Geschwindigkeiten, führte Buch. Nun war der Tag doch gekommen. Der Tag, vor dem er sich immer gefürchtet hatte.

Wie unter Wasser drang das Zeichen zum Vorrücken in sein Bewusstsein. Es gelang ihm, ohne auch nur auf einen einzigen Vogel zu treten, der kämpfenden Truppe zu folgen.

Es war still. Nur die Zeilen eines Kinderliedes hallten in seinem Kopf wider und wider.

„Nun weiß ich nicht, wie das geschah,
dass der Blinde den Hasen sah,
im weiten Felde grasen."

Obwohl die Wolke schon weitergezogen war, tränten die Augen und die Gesichtshaut brannte.

Fast ohne Stimme wiederholte Alexander die Zeilen des Kinderliedes.

Allmählich drang der Kriegslärm bis zu ihm vor. Er klang anders als sonst. Weniger Stahl, weniger kriegerisches

Aufeinanderprallen. Dafür nicht enden wollende Schreie, das schmatzende Eindringen eines Bajonetts in menschliches Fleisch, leise Dissonanzen des Sterbens.

Die Pioniere hatten Schneisen in den Stacheldrahtverhau der Franzosen geschnitten. Die feindlichen Schützengräben waren frei zugänglich. Kein Franzose verteidigte sie. Die Soldaten waren tot oder gerade im Begriff zu sterben.

Die Tiefe des Vorstoßes und der Landgewinn waren gewaltig. Überall Tote, oft in grotesken Verrenkungen, wie Ertrinkende, die sich verzweifelt über Wasser halten wollen und hoffnungslos nach einem dürren Ast greifen. Einige schienen sich erfolgreich gegen das Gift gewehrt zu haben, ihnen hatte eine Kugel das Gesicht weggeschossen. Andere waren vor Schmerzen wahnsinnig geworden und hatten sich bei vollem Bewusstsein die Augen aus den Höhlen gekratzt, bevor sie endlich sterben durften. Irgendwo im Schlamm das zertretene Foto einer Frau. Von Bajonetten verstümmelte Körper. Menschliche Gedärme; sie dampften noch. Verätzte Haut auf abgetrennten Gliedmaßen.

„Ein Abschiedstrunk."

Die Doppeldeutigkeit amüsiert ihn. In einem Zug leert Alexander das Absinthglas.

„Der Kaiser ist ein lieber Mann, er wohnet in Berlin, und *wär das nicht so weit von hier, so ging ich heut noch hin."*

Alexander Riels Kopf fällt nach hinten, das Glas entgleitet seiner Hand, verfängt sich kurz in einer Falte seines Rockes und landet klirrend auf dem Boden. Wie durch ein Wunder zerbricht es nicht, sondern rollt über den Holzboden bis in die Zimmerecke.

Ein paar Mal kegelt es noch hin und her, bis es endlich still liegen bleibt.

„Wisst ihr, was ich beim Kaiser wollt´? Ich gäb ihm eine Hand und brächt das schönste Blümchen ihm, das ich im Garten fand."

Eine Hand griff nach seinem Fuß. Sie hielt Alexander mit überraschender Kraft fest. Sie lenkte seine Aufmerksamkeit von der wunderschönen grünen Wolke ab und hinderte ihn daran, ihr zu folgen.

„Ich komme."

„Sei...gneur!" Die Stimme des Fremden hatte heiser geklungen.
Seine Hand war schmutzig. Unglaublich schmutzig.
„Wenn Erde mit Blut anbäckt, kriegste's fast nicht wieder runter."

Erstaunlich, wie banal die Gedanken sind, wenn das Geschehen so groß scheint.
„So ist es also, zu sterben."
Als hätte er es nicht schon zigfach erlebt. Als sähe er sich selbst.

Die Augen, die ihn anschauten, konnten ihn nicht mehr sehen. Sie waren rot und verbrannt vom Gas. Klebrige Flüssigkeit floss zäh aus ihren Rändern und vermischte sich mit Rotz und Speichel. Das Atmen würde ihn bald umbringen, er würde an seiner eigenen Lunge ersticken.

„Ob die Lungenbläschen beim Platzen ein Geräusch machen?"

Er hat keine Schmerzen. Sie waren schon Vergangenheit. Was einstmals seine Lungen waren, schwimmt zerfressen und verflüssigt in sich selbst, füllt seinen Mund, klebt in den Mundwinkeln. Sein Mund schnappt bei jeder konvulsiven Bewegung seiner Brust ins Leere. Die Not, Luft zu holen, wird heftiger, aber die Brust hebt sich nicht mehr, sie wird mit jedem Versuch härter und unbeweglicher. Er würde sich jetzt jeden Augenblick in einen Stein verwandeln. Unbelebte, harte Materie. Jeder Versuch, einzuatmen, ist nur noch eine Erinnerung, eine Gewohnheit. Luft strömt nicht mehr ein. Es gibt nichts mehr, wohin sie hätte strömen können. Er rudert ein paar Mal ziellos mit den Armen.

Alexander konnte erstaunlich deutlich wahrnehmen, wann er den Kampf aufgab. Wann er aufhörte, panisch um Luft zu ringen. Wann der geschundene Körper Erlösung fand.

Die harte Enge löst sich auf in eine unendliche Weite.

Nur Stille, nur Frieden.

Eigentlich müsste man sehen, dass er lächelt.

Endlich Frieden. Bald käme nur noch Licht, in das sich seine Seele ergießt.

> „Nun weiß ich nicht, wie das geschah,
> dass der Blinde den Hasen sah,
> im weiten Felde grasen."

Am 3. Mai 1915 fand der Hausmeister des Kaiser-Wilhelm-Instituts für physikalische Chemie in Berlin-Dahlem Professor Habers technischen Assistenten tot an seinem Schreibtisch vor. Sein Oberkörper war gegen die Rückenlehne seines Stuhles gesackt, der Kopf nach hinten in den Nacken gekippt. Auf dem Tisch fand der Hausmeister neben dem Absinthbesteck einen geladenen Webleyrevolver. Er war nicht abgefeuert worden.

Alexander Riel war im Rausch an seinem Erbrochenen erstickt.

ZUR GESCHICHTE DER GESCHICHTE

Alle zitierten Namen, Daten und Ereignisse sind authentisch. Einzig die Figur Alexander Riel und die mit ihm verbundenen Situationen und Dialoge sind fiktional.

Seit Entwicklung der Haber-Bosch-Synthese und der daraus folgenden, international anwachsenden Ernteerträge ist die Weltbevölkerung von 1,6 auf heute mehr als 7 Milliarden angewachsen.

Haber erhielt 1918 den Nobelpreis für seine Entdeckung. Seine Mitwirkung am ersten Gaskrieg der Neuzeit wurde dabei konsequent totgeschwiegen.

Haber starb 1934 – allein und mittellos – auf der Flucht vor den Nationalsozialisten in Basel an Herzversagen.

Aus Habers Entwicklung verschiedener Kampfgase entstand in direkter Folge das Zyklon B, dem auch Mitglieder seiner Familie während des Holocaust zum Opfer fielen.

Ulrike Bliefert

CHERCHEZ LA FEMME

„Uhr, Bargeld, Reisedokumente ..."

Johann Müller-Meinertzhagen? Bram van Straaten?

Franz-Josef Küppers bleibt nicht viel Zeit für die Auswahl.

Empfiehlt sich angesichts der obwaltenden Umstände vielleicht eher der kaiserlich-österreichische Reisepass auf den Namen Dr. Jakob Schimmelpfennig? Oder einer der beiden schwedischen Ausweise? Erik Skoglund? Adrian Bergström?

Schließlich steckt er den Pass, der ihn als Friedrich Baron von Hachfeld, geboren 1881 ausweist, in die Manteltasche: Statur schlank, Haare dunkel, Augen braun, Gesichtsform oval, und unter „Besondere Kennzeichen" ist in Schönschrift „fehlen" eingetragen. Ein Jedermann, Reiseziel Vereinigte Staaten von Amerika, beglaubigt und gestempelt von der Polizeibehörde Eins in der Hamburger Neustadt.

Küppers wirft einen flüchtigen Blick in den Spiegel über der Waschkommode. Mutter Natur hat ihn reich beschenkt: fein geschwungene Augenbrauen – gelegentlich hilft er ein wenig mit der Pinzette nach – ein makelloser Teint und ein sinnlicher, beinahe herzförmiger Mund. Er weiß diese

Vorteile zu schätzen und denkt nicht im Traum daran, die mit ihrer Hilfe so vielversprechend begonnene Karriere vorzeitig zu beenden.

Auch wenn alle Zeichen dagegen sprechen.

Die sind jetzt alle oben und kämpfen um die letzten Plätze.

„Ladies first ..."

Wie lächerlich, den Wert eines Menschen anhand seiner Geschlechtszugehörigkeit zu bestimmen ...

Das Fußgetrappel draußen im Gang hat ebenso schnell wieder aufgehört, wie es eingesetzt hatte, und die Stimmen sind verebbt.

Küppers' goldene Taschenuhr zeigt viertel nach Eins. Die Zeit wird knapp.

Ich habe Ed Smith – oder „Ih-Dschei" wie die Reichen, Schönen und Auserwählten ihn nennen – in der Bar gesehen, ein Glas in der Hand. Absinth. Jedenfalls sah es so aus. Und ich hab noch gedacht: Verdammt noch mal, der traut sich was! Aber vielleicht hat er ja auch nur daran genippt. Wie auch immer: Es dürfte der teuerste Schluck des Jahrhunderts gewesen sein.

Franz Küppers überlegt einen Moment lang, ob sich aus seiner Beobachtung vielleicht Kapital schlagen ließe. Dann vertagt er die Entscheidung darüber zugunsten des Nächstliegenden.

Groß muss sie sein. Und üppig. Nicht fett, aber üppig.

Trotzdem mit nicht zu viel Oberweite. Die Schuhgröße könnte ein Problem werden.

Franz Küppers kennt die Frauen. Große, kleine, dicke, dünne. Und egal ob blond, braun-, rot- oder schwarzhaarig: Hauptsache reich, alleinstehend, einsam und anlehnungsbedürftig. Einmal war sogar eine Grauhaarige dabei, die sich ihr spärliches Haupthaar allerdings – ihm zuliebe – in ein wenig schmeichelhaftes Pechschwarz umfärben ließ. Statt einer Taille hatte sie einen Wulst aus schweinchenrosa ummanteltem Körperfett, über dem sich ihre kiloschweren Brüste wölbten. Als er sie vom Balkon stieß, war er dank ihrer Liebesgaben um ein hübsches Sümmchen reicher und in der Lage, bei den nächsten Damen wählerischer vorzugehen. Es war der einzige Mord bisher, und er bereute ihn keine Sekunde lang. Was hatte die alte Vettel denn ohne ihn vom Leben? Die zweifelhafte Zuneigung ihres sabbernden Pekinesen? Er hatte ihr das ekelhafte Vieh kurzerhand hinterhergeworfen. Die Zufahrt unterhalb des Balkons war mit Kopfsteinen gepflastert, also: Adieu, Chérie und ab mit dir! Als man die Alte und ihren Köter am nächsten Morgen fand, war Joachim von Cranzow alias Franz-Josef Küppers bereits auf dem Weg nach Marienbad.

Apropos Taille: Ob ich ein Korsett drunterziehen muss? Ich werde irgendetwas brauchen, mit dem ich es oben herum ausstopfe ...

Bevor Küppers den Raum verlässt, rafft er wahllos zwei, drei Wäschestücke aus dem Schrank. In der Tür stehend überlegt er es sich und lässt die Sachen achtlos fallen. Er ist ein ordentlicher junger Mann, aber er weiß, dass er hierher ohnehin nicht mehr zurückkehren wird.

Als er die Treppe hinaufhetzt, bemerkt er alarmiert ihren mittlerweile deutlich flacheren Neigungswinkel.

Hier oben herrscht eine geradezu gespenstische Stille. Lediglich ein paar Walzertakte dringen zu ihm herüber.

Er drückt einige Klinken herunter, aber sämtliche Türen sind verschlossen.

Heilige Einfalt! Was stellen die sich denn vor, wie das hier ausgehen wird?

Er hält inne, als er von einer jungen Frau eingeholt wird. Hübsch ist sie. Blond, sehr blass, mit weit aufgerissenen, wasserblauen Augen. „Unge man, visa mig vart jag skall gå!"

Küppers taxiert sie vom Kopf bis zu den Spitzen ihrer abgewetzten Schnürstiefel: aufgelöste Haare, das grau gestreifte Kattunkleid in der Eile schief zugeknöpft, ein Wolltuch um die Schultern geschlungen.

Winzig kleine Füße. Nicht zu gebrauchen. Und überhaupt ...

Er deutet vage in Richtung der Fahrstühle und gibt unwillkürlich einen abschätzigen Schnalzlaut von sich.

Tz. Eine Arbeiterfrau!

Damit kann er nichts anfangen.

Als die junge Schwedin verschwunden ist, setzt er seine Versuche fort, bis er fündig wird: Der elegante Salon mit dem zierlichen, übereck eingebauten Schreibtisch sieht vielversprechend aus. Dann im Schlafzimmer die Enttäuschung: Auf dem stummen Diener hängt ein Smoking, und der elegante Lederkoffer mit den silbernen Initialen enthält ausschließlich Herrenhemden, -socken und -leibwäsche.

Ein Paar vergessene goldene Manschettenknöpfe wandert in Küppers' Manteltasche und er beschließt, durch diesen Fund ermuntert, die anderen Gepäckstücke rasch auf weitere wertvolle Hinterlassenschaften zu durchsuchen.

„Hello? Is anybody there?"

Küppers schrickt zusammen.

„Excuse me, would you please be so kind as to help me find ..."

Eine Frauenstimme! Sie klingt kultiviert. *Um die vierzig,*

schätzt Küppers, *deutscher Akzent, aber eine ausgesprochen gewählte Ausdrucksweise. Jedenfalls stammt die Dame aus besseren Verhältnissen.*

„Sofort, Madame!"

Wieso um alles in der Welt ist die nicht längst über alle Berge?

Er muss angesichts der Metapher unwillkürlich kichern.

Unpassender geht's nicht!

Als er vor ihr steht, stellt er fest, dass er sich im Alter verschätzt hat. Sein Gegenüber ist höchstens Ende zwanzig.

„Von Hachfeld." Er neigt sich galant über die behandschuhte Hand: ein schwacher Duft von Richard Hudnuts Klassiker „Aimée" ... Franz-Josef Küppers kennt sich aus mit teuren Damenparfüms.

„Oh, Sie sind Deutscher!" Die junge Dame lächelt. „Ich suche meinen Verlobten, wissen Sie? Ich hab ihn im Gedränge aus den Augen verloren und da dachte ich, vielleicht ist er ja hier unten, um unsere Mäntel zu holen, oder ..." Sie zögert und schlägt errötend die Augen nieder. Franz-Josef Küppers ist hingerissen: Groß ist sie und kräftig gebaut, doch ohne ein Gramm Fett zu viel. *Wahrscheinlich treibt sie Sport.*

Unter dem eleganten, hochgeschlossenen Tunikakleid lässt sich ein kleiner, fester Busen erahnen und die – wie Küppers feststellt, leider ausgesprochen zierlichen – Füße werden durch den seidenen Turban wettgemacht, der das Haar der jungen Schönen bis auf ein paar lieblich gekringelte, rotblonde Schläfenlocken bedeckt.

Ein Turban? Perfekt!

Küppers deutet eine knappe Verbeugung an; sein

routiniertes Verführerlächeln wirkt diesmal kein bisschen aufgesetzt. „Einen Augenblick noch, gnädiges Fräulein, dann zeige ich Ihnen den Weg zum Foyer. Einige Herren haben es sich dort mit Brandy und Zigarren gemütlich gemacht. Vielleicht ist ja Ihr Verlobter darunter."

Sie nickt dankbar und ihre zauberhaft grünen Melusinenaugen schwimmen in Tränen.

„Tja. Schade drum", murmelt Küppers, verschwindet hinter der Tür zu Suite C 62 und greift nach der bronzenen Kaminuhr. *Ein, zwei Mal zuschlagen, aber mit aller Kraft ...*

Doch halt! Enerviert stellt er die Uhr zurück auf den Sims: Blutflecken würden seinen ganzen Plan zunichtemachen! *Blutflecken gilt es unbedingt zu vermeiden!*

„Herr von Hachfeld?" Die Stimme der schönen Fremden klingt jetzt dumpf von mühsam zurückgehaltenen Tränen. „Verzeihen Sie, aber ich habe mich Ihnen ja noch gar nicht vorgestellt ..."

Sie lächelt tapfer, als Küppers wieder auftaucht.

„... mein Name ist ..."

Er wird ihren Namen nie erfahren und er interessiert ihn auch nicht. Als sich seine Hände um ihren Hals schließen, leistet sie kaum Widerstand. Küppers staunt, wie viel Kraft es kostet und wie lange das Ganze dauert. Als die Beine unter ihr nachgeben, fängt er die Sterbende auf, damit ihr kostbares Kleid nicht von jenem ekelhaften, schmutziggrünen Strom verunreinigt wird, der sich unaufhaltsam seinen Weg nach oben bahnt.

Das Kleid passt wie angegossen, und in der Handtasche der Toten findet sich sogar ein halb volles Fläschchen „Liquid Bloom of Roses". Küppers dreht sich vor dem Spiegel und schürzt kokett den Mund: Der schmeichelhaft das Gesicht umrahmende Turban täuscht wie erwartet weibliche Haarfülle vor, und Guerlains elegantes Lippenrot gibt der Verkleidung zweifellos den allerletzten Schliff.

Nur die Sache mit den Füßen ...

Einen Moment lang zieht Küppers in Erwägung, einfach ohne Schuhe nach oben zu gehen, doch er verwirft den Gedanken schnell wieder. Seine Füße sind knochig, eindeutig männlich und zu allem Überfluss verwandelt in letzter Zeit ein hartnäckiger Pilz seine Zehennägel in bröselige, dunkelgelbe Ruinen.

Es bleibt ihm nichts anderes übrig, als die Stiefel anzubehalten. Zumindest haben sie den Vorteil, ihn ein wenig vor dem mittlerweile zentimeterhoch stehenden, eiskalten Wasser zu schützen.

Die Stiefel sind es denn auch, die Franz-Josef Küppers alias Baron von Hachfeld – vorübergehend unterwegs als gut betuchte Passagierin der 1. Klasse – entlarven.

Ein kleiner Stolperer beim Besteigen des Rettungsbootes gibt den Blick auf seinen linken Fuß mitsamt behaartem Unterschenkel frei.

„Excuse me, Sir, but you're a mockery of a lady ..."

Eine ältere, in mehrere Lagen Pelz verpackte Dame schüttelt indigniert den Kopf. „What a shame!"

„Erbärmlich!", stimmt ihr die abgehärmte junge Frau, die neben ihr sitzt, zu.

Bei den letzten Booten scheinen die Klassenunterschiede aufgehoben zu sein.

„Dreckskerl!", lässt sich eine weitere weibliche Stimme vernehmen, „und unsere Männer dürfen nicht mit!"

„Deshalb ja die Verkleidung, meine Damen!" Küppers

zuckt resigniert die Achseln. „Den Versuch war's zumindest wert."

Doch er hat – wie so oft in seinem Leben – Glück: Boot Nr. 10 wird nicht von Charles Lightoller betreut, jenem zweiten Offizier, der nach der Devise „Frauen und Kinder zuerst" mit verbissenem Eifer alle Männer, ja, selbst halbwüchsige Jungen am Besteigen der Rettungsboote hindert.

Sein Kollege Murdoch sieht die Sache anders: Sind keine weiteren weiblichen Passagiere in der Nähe, dürfen – zumindest vereinzelt – auch Männer einsteigen.

Herrgott noch mal! Ich hätte mir die ganze Maskerade sparen können, stellt Küppers verärgert fest, als das Boot zu Wasser gelassen wird. Die schöne Tote kommt ihm kurz in den Sinn, aber er verschwendet keinen weiteren Gedanken an sie: Wer jetzt noch auf dem Schiff ist, wird die nächste halbe Stunde ohnehin nicht überleben. Hauptsache, er wird davonkommen. Mit dem Leben und mit dem Mord.

Unwillkürlich muss er kichern. Gibt es für Letzteres eine bessere Tarnung als einen Schiffsuntergang?

Beim Abfieren recken sich Dutzende von Händen ihrem Boot entgegen. Die Männer auf dem darunterliegenden Deck versuchen verzweifelt, an Bord zu kommen. Einer von ihnen hält ein Kleiderbündel im Arm.

„Hannes!" schreit eine der Frauen und springt auf. „Hannes! Spring!"

Der Mann schüttelt den Kopf. Über sein zerfurchtes Gesicht laufen Tränen. In letzter Sekunde wirft er das Bündel ins Boot. Einer der beiden Seeleute, die für Boot 10 abkommandiert wurden, fängt es auf. Es ist ein Säugling darin.

„Frédéric! Saute!"

Nur ein einziger von ihnen schafft es, an Bord zu springen; ein Japaner, der sich wortlos auf die hinterste Ruderbank zurückzieht.

Die zurückbleibenden Männer oben an der Reling winken.

„See you back in Southampton, Amy! Don't worry!"

„Ne t'inquiète pas pour moi, Marie! Je vais prendre le bateau prochain!"

Doch die Frauen wissen, dass es kein nächstes Boot geben wird.

Der Anblick des sinkenden Luxusliners ist überwältigend. Küppers ist fasziniert. Ihm entgeht das Getuschel der Frauen und er schenkt der Tatsache, dass sie ihn mit zunehmender Feindseligkeit mustern, keinerlei Bedeutung.

Die Männer haben begonnen, zu rudern.

Um 2 Uhr 15 bricht die Titanic zwischen dem dritten und dem vierten Schornstein auseinander und auf dem bis dahin hell erleuchteten Schiff gehen die Lichter aus. Als schließlich auch das abgetrennte Heck versinkt, setzt jenes Geräusch ein, das keiner der Überlebenden jemals vergessen wird. Es klingt zunächst wie eine Sirene, hoch und schrill. Dann wird den Insassen der Rettungsboote klar, dass es Schreie sind. Die Schreie Hunderter von Menschen, die in den eiskalten Fluten des Atlantiks um ihr Leben kämpfen.

Die Lippen der Frauen in Boot 10 sind blau vor Kälte.

„Bitte!", flehen sie die Ruderer an. „Wir müssen zurück!"

„We cannot just sit here waiting until they're all dead!"

„Wenn wir zusammenrücken, können wir doch wenigstens einige von ihnen retten!"

„No way!"

„Do you want us all to die?!"

„Aber das sind unsere Väter, Brüder, Männer und Söhne!"

„Frauen und Kinder zuerst. Das ist nun mal die Regel", erklärt Küppers achselzuckend, zieht sich lässig den Turban vom Kopf und nestelt eine der wie durch ein Wunder trocken gebliebenen Zigaretten aus der Handtasche der unbekannten Toten.

Er kommt nicht mehr dazu, sie anzuzünden.

Die dünne Frau drückt das Bündel mit dem Baby darin der Dame im Pelz in den Arm, entreißt einem der beiden Seeleute das Ruder und versetzt Franz-Josef Küppers einen Schlag an die Schläfe. „Für meinen Hannes, du Dreckskerl!"

Als er von der Holzbank auf den Boden rutscht, versetzt ihm die zierliche Blonde in Samtpelerine und Abendkleid einen Tritt.

„Pour Frédéric!"

Weitere Tritte.

„For Michael, Benjamin and Peter!"

Ein zweiter Schlag mit dem Ruder.

„For George!"

Die Männer an Bord wenden die Blicke ab. Keiner von ihnen kommt Küppers zu Hilfe.

Als Franz-Josef Küppers im Meer versinkt, gilt sein letzter Gedanke Captain Edward John Smith und dem Glas in seiner Hand.

Wie einfach wäre es doch gewesen, ihn damit zu

erpressen. „Sie haben getrunken, Sir, und wenn Sie nicht wollen, dass die Nachwelt davon erfährt ..."

Seinen guten Namen nicht zu verlieren wäre ihm fraglos einen Platz im allerersten Rettungsboot wert gewesen.

Sicher war es Absinth.

Ganz bestimmt war es Absinth.

Grün. Grün wie die Farbe des Ozeans ...

Der Tod ist Franz Küppers gnädig und ereilt ihn schnell.

Wie durch ein Wunder gelingt es den Insassen von Boot 10 wenig später, einen völlig entkräfteten jungen Mann an Bord zu ziehen; sechzehn, siebzehn Jahre alt; fast noch ein Kind. Die Dame aus der ersten Klasse hüllt ihn in ihren Pelzmantel. „For George", wispert sie.

„Für Hannes, pour Frédéric", flüstern die anderen.

„For Jamie."

„The boy will survive."

„Ja. Der Junge wird überleben."

Die Männer an Bord nicken stumm.

ZUR GESCHICHTE DER GESCHICHTE

Die damals vierundzwanzigjährige Passagierin Emily Richards schreibt noch an Bord der Carpathia einen Brief an ihre Schwiegermutter und erklärt darin, sie habe Kapitän Edward John Smith am Abend des 14. April 1912 in der Saloon Bar der 2. Klasse gesehen, und er habe getrunken. Dass der Kapitän der Titanic in der verhängnisvollen Nacht dem Alkohol – manche behaupten, es war Absinth – zugesprochen hat, ist jedoch trotz dieses zweifellos authentischen Briefes umstritten.

Tatsache ist jedoch, dass sich an Bord der Titanic sowohl ein

Hochstapler aus dem Rheinland befand (Alfred Nourney alias Baron von Drachstedt, er überlebte die Katastrophe) als auch ein namenloser Mann, der sich als Frau verkleidet hatte, um in eines der Rettungsboote zu gelangen. Dass der Erste Offizier William McMaster Murdoch ihn in Rettungsboot Nr. 10 steigen ließ, obwohl er den Trick durchschaute, ist ebenso verbrieft wie die Tatsache, dass es lediglich ein allein reisender japanischer Passagier schaffte, in letzter Sekunde an Bord dieses Bootes zu springen.

Der titelgebende Spruch zitiert den Polizeibeamten Jackal in Alexandre Dumas' (1802-1870) Roman Les Mohicans de Paris: „Il y a une femme dans toutes les affaires; aussitôt qu'on me fait un rapport, je dis: ‚Cherchez la femme.'", kurz: „Hinter jedem Verbrechen steckt eine Frau".

Marie Reiners

MARTHA

Martha langweilt sich. Das auf einer Bühne vor einem voll besetzten Zuschauerraum zu tun, macht ihr so leicht keine nach, aber sie hat ja auch alles andere als eine tragende Rolle in der Aufführung. Eigentlich steht sie nur da – in fast durchsichtigen grünen Tüll gehüllt, darunter nackt, mit angeklebten Flügeln auf den Schulterblättern und einer muffig riechenden grünen Perücke, auf der ein aus Pappmaché gefertigter, überdimensionierter grüner Zylinder thront – leicht schief mit einer Hutnadel mit grünem Glasstein befestigt. Da Martha mit ihren achtzehn Jahren nur 104 Zentimeter, aber der Hut mehr als 70 Zentimeter misst, verblüfft der optische Effekt – sie sieht aus wie eine Puppe, der man den Hut eines Riesen aufgesetzt hat.

Martha stellt in dem erotischen Singspiel „Die trunkenen Nymphen" die grüne Fee dar, eine Allegorie auf den Absinth, der jeden Abend reichlich von den anwesenden Männern konsumiert wird.

Auch die anderen Mädchen auf der Bühne haben so gut wie nichts am Leib, aber immerhin dürfen sie tanzen und singen. Nicht, dass die musikalischen Darbietungen der Mädchen die Zuschauer sonderlich interessieren – die Männeraugen kleben ausschließlich an den kaum verhüllten Brüsten, den nahezu nackten Schößen der jungen Frauen, folgen jeder Bewegung in der Hoffnung, noch mehr, noch tiefere Einblicke zu erhaschen. Widerliche geile Böcke, denkt Martha und unterdrückt mühsam ein Gähnen. Jetzt steht sie schon seit einer Stunde unbeweglich auf ihrem Platz, und erst in einer halben Stunde wird es vorbei sein. Ihre Füße tun weh, und sie hat noch so viel zu Hause zu tun, wo ihre schwindsüchtige Mutter im Sterben liegt. Sie überlegt, was sie morgen für sie beide kochen könnte. Es gibt nur noch ein paar schrumpelige Kartoffeln in der Holzkiste, aber der Arzt hat gesagt, dass ihre Mutter Fleisch braucht, Fleisch und Gemüse. Der Metzger schreibt schon lange nicht mehr für sie an. Vielleicht, wenn sie die alte Frau Schlotzki nebenan fragt, deren Sohn auf einem Bauernhof im Umland als Tagelöhner arbeitet? Sie hat beobachtet, wie er seiner Mutter neulich einen Korb Gemüse gebracht hat. Ob sie ihr wohl einen halben Kohlkopf abgibt, wenn Martha ihr dafür den Kopf mit Efeusud einreibt, gegen die Läuse? Und ein paar Steckrüben und Zwiebeln? Dann könnte sie vielleicht einen Eintopf machen ...

Die Augen fallen ihr zu, und als sie sie erschrocken wieder aufreißt, sieht sie den Blick eines Mannes in der zweiten Reihe auf sich ruhen. Oh nein! Bitte nicht! Dass sich ein Besucher für sie interessiert, kommt wegen ihrer Kleinwüchsigkeit selten vor. Sie ist eine Missgeburt, wie ihre Mutter nicht müde wird zu betonen. Martha weiß nicht, warum ihre Mutter so gemein zu ihr ist, aber sie nimmt an, dass es wegen ihrer Behinderung ist. Sie kann sich nicht erinnern, ihre Mutter jemals zärtlich oder liebevoll erlebt zu haben, aber immerhin hat sie sie geboren, ihr zu essen gegeben und sie nicht weggegeben, und jetzt ist Martha dran, ihre Mutter zu versorgen, das ist ihr klar.

Meistens will wegen ihrer Verwachsung niemand etwas von ihr wissen, aber damit hat sie sich arrangiert. Zwar verdient sie so weniger Geld als die anderen Mädchen, die nach der Vorstellung mit den Männern oben in den Boudoirs verschwinden, aber dafür hat sie auch ihre Ruhe. Martha hasst es, sich den fremden, betrunkenen und nach Alkohol und Schweiß stinkenden Männern hinzugeben, auch wenn sie das Geld eigentlich dringend braucht. Die Medikamente für ihre Mutter, der Arzt, der so viel Geld verlangt, ohne dass er ihrer Mutter wirklich hilft ...

Auch Egon, der Besitzer des Etablissements „Romantique" hat mittlerweile das Interesse des Gastes an ihr bemerkt. Er nickt ihr zu, was heißt, sie wird sich nach der Vorstellung zu dem Mann begeben müssen. Egon streicht die Hälfte des Hurenlohns ein und ist dementsprechend interessiert daran, dass möglichst viele der Mädchen Freier nehmen. Dafür stellt er ihnen die Zimmer zur Verfügung und passt auf, dass die Männer nicht zu grob werden, obwohl es trotzdem allzu oft passiert.

Martha nimmt den potenziellen Freier unauffällig genauer in Augenschein – er ist ungefähr sechzig, aber immer noch groß und muskulös, mit einem harten und verlebten Gesicht. Sein rechtes Auge ist von einer ledernen

Augenklappe verdeckt, was den Gesamteindruck nicht eben hebt. Sein schwarzer Anzug sieht allerdings aus, als sei er aus einem guten Stoff, und die große goldene Taschenuhr, die er jetzt konsultiert, wirkt wertvoll. Martha kann sich schon denken, was auf sie zukommt – sicher soll sie sich wieder mal als kleines Mädchen verkleiden; es gibt immer wieder Männer, die gerade wegen ihres kindlichen Aussehens mit ihr schlafen wollen.

Egal, denkt Martha müde; solange er sie nicht schlägt oder noch Übleres im Sinn hat, wird sie es ertragen können. Sie hat gelernt, dass es wenig Sinn hat, sich zu wehren, es wird dann nur noch schlimmer. Wenn er die volle Summe für sie zahlt, kann sie für ihre Mutter neues Morphium besorgen, dann wird sie ein paar Nächte nicht deren verzweifelten Kampf um Luft hören müssen. Vielleicht kann sie sogar etwas für sich selbst davon abzweigen und damit für eine Weile alles vergessen.

Die Vorstellung geht ihrem Ende zu und das ungeduldige Scharren der Füße zeigt, dass die Männer es kaum erwarten können, zum eigentlichen Zweck des Abends zu kommen. Einige haben schon ganz rote Köpfe vor lauter Geilheit, die Luft ist feucht und stickig, der Lärmpegel so hoch, dass man im Publikum kaum noch verstehen kann, was auf der Bühne gesungen wird.

Amelie und Maria, die beiden hübschesten Mädchen des Ensembles, stimmen wie immer den Schlussakkord an ... *„Drum trinkt, ihr Männer, der Tod kommt bald, genießt das Leben, bald sind wir kalt, Absinth ist unser einz'ger Trost, drum grüne Fee – sag Prost, sag Prost!*

Jetzt kommt ihr allabendlicher großer Moment, den Martha besonders hasst. Sie geht nach vorne an die Rampe, dann zieht sie eine übergroße Flasche Absinth hinter ihrem Rücken hervor, schraubt sie auf und begießt unter dem Johlen der Männer ihren Körper mit der grünen Flüssigkeit, sodass der Tüll durchsichtig auf ihrer Haut klebt und wirklich gar nichts mehr der Fantasie überlassen bleibt. Natürlich ist in der Flasche nicht wirklich Absinth – Egon mixt das grüne Gebräu darin selbst aus kaltem Wasser und Farbe zusammen.

Einzelne Männer klatschen, einer ruft „Lass dich ablecken, Kleine ...", ein Scherz, der unvermeidlich ist und so gut wie jeden Abend kommt, dann eilen die Mädchen hinter die Bühne, um sich für ihre Freier fertig zu machen. Martha folgt ihnen langsam, darauf bedacht, nicht über den klebrigen, nassen Tüll zu stolpern, der ihre Beine wie Schlingpflanzen umschließt. Das ist ihr schon zweimal passiert, und Egon hat ihr unmissverständlich klargemacht, dass beim dritten Mal Schluss ist. Sie ist ja schließlich nicht die einzige Zwergin in Berlin.

Egon wartet bereits vor der Garderobe, um die Mädchen einzuteilen. Amelie mault, als sie hört, dass sie mit den vier schon sehr betrunkenen Burschenschaftlern, die in der ersten Reihe saßen, aufs Zimmer soll. „Stell dich nicht so an, die haben viel Geld von ihren Vätern für diesen Abend gekriegt", herrscht Egon sie an. „Aber gleich vier – sie werden mir wehtun ....", sagt Amelie, doch Egon lässt nicht mit sich diskutieren. „Die haben noch kein Haar am Sack, die Milchbubis, das dauert bei jedem höchstens drei

Minuten", grinst Egon, und als Amelie sich anschickt, noch einmal zu widersprechen, kneift er ihr so fest in die Brustwarze, dass Amelie ganz weiß vor Schmerz wird.

Dann teilt er die anderen Mädchen ein, bis zum Schluss nur noch Martha vor ihm steht. Egon schaut missbilligend auf sie hinunter. „Du machst es heute mit dem Mann in der zweiten Reihe, der Alte mit der Augenklappe", sagt er, und Martha nickt schnell, bevor er ihr auch wehtut. Egon tut den Mädchen gerne weh, wenn sie nicht spuren, sie haben alle Respekt vor ihm. „Gib dir Mühe, er ist ein hohes Tier bei der Stadt", fügt Egon barsch hinzu. „Keine Ahnung, warum er ausgerechnet nach dir verlangt. Wasch dich und geh dann zu ihm, und wehe, du machst Ärger, mach alles, was er will!" Martha nickt erneut und drückt sich an Egon vorbei in die Garderobe. „Das Mansardenzimmer", ruft er ihr nach. „In zehn Minuten, er wartet schon!"

In der Garderobe schauen die anderen Mädchen sie mitleidig an. Sie sind meistens nett zu Martha, weil sie so winzig und schutzlos ist. Nur Hilde, ein großes, dickes Mädchen mit einer Hasenscharte mag Martha nicht. Vielleicht, weil sie selbst weiß, wie es ist, anders zu sein. Egon lässt sie wegen mangelnder Nachfrage meistens den Dreck wegputzen. Auch diesmal hat sie keinen Freier abbekommen und neidet Martha ihren Auftrag. „Er wird dich kaputt machen", sagt sie hämisch. „Du wirst keine Luft mehr bekommen, wenn er erst mal auf dir liegt; er wird dich zerquetschen wie eine Fliege."

„Quatsch", sagt Maria, „er will es bestimmt nur mit dem Mund! Er tut dir schon nichts." Tröstend streichelt sie Martha über den Kopf. Martha dreht sich mit einer schnellen Bewegung weg. Sie hasst es, wenn man ihren Kopf berührt. Eigentlich hasst sie jede Berührung. Sie streift den klebrigen Tüll ab und beginnt sich mit einem Waschlappen abzureiben. Dann schlüpft sie in ein kurzes, mit Lochstickerei verziertes weißes Baumwollkleidchen. Egon hat es für sie bei einer Weißnäherin anfertigen lassen. Noch ein wenig Rouge auf die Wangen, dann ist sie soweit.

Als sie hinauskommt, lehnt Egon immer noch neben der Tür, im Gespräch mit zwei Männern, die lautstark versuchen, einen Preisnachlass herauszuschinden. Als er Martha sieht, nickt er ihr zu. Das heißt, er ist mit ihrem Aussehen einverstanden. „Nimm dein Kostüm mit nach oben", weist er sie an. „Vielleicht will er dich ja als Fee. Er hat eine Flasche Absinth aufs Zimmer bestellt." Wieder nickt Martha und läuft noch einmal zurück. Als sie – ihr Kostüm in Händen – wieder herauskommt, verschwindet sie fast hinter dem riesigen grünen Zylinder. Sie hört, wie Egon den beiden Männern Hilde anbietet – für den halben Preis. „Ihr könnt ihr ja was übers Gesicht legen." Er lacht rau: „Oder die Augen zumachen, Loch bleibt Loch."

Als Martha oben ins Zimmer kommt, hat der Mann, der sich auf dem schäbigen roten Sofa mit dem purpurnen Überwurf niedergelassen hat, die Flasche Absinth bereits zu einem Viertel geleert. Sie zwingt sich, ihn anzulächeln, aber er erwidert ihr verkrampftes Lächeln nicht, sondern mustert sie schweigend. Sein Gesicht drückt Missbilligung aus.

„Wollen Sie doch lieber ein anderes Mädchen?", fragt

Martha hoffnungsvoll. Er schüttelt langsam den Kopf, sie noch immer mit seinem einzigen, stechend blauen Auge fixierend. „Ich will genau dich. – Wie heißt du?", fragt er. Martha räuspert sich. Ihre Stimme ist plötzlich belegt. „Martha", antwortet sie leise.

Er nickt, als habe er das bereits gewusst. „Soll ich mir vielleicht was anderes anziehen? Ich könnte mich wieder als Fee...", sagt Martha, auf ihr Kostüm deutend, das sie immer noch in der Hand hält. Er unterbricht sie. „Komm her", sagt er barsch.

Martha tut, was er sagt. Vor ihm bleibt sie stehen. Sie legt Zylinder, Perücke und frischen Tüll auf den braunen Teppich.

Jetzt kommt er ihr noch größer als eben vor, wie eine schwarze Felswand ragt er vor ihr auf, obwohl er sitzt und sie steht. Er mustert sie mit einem sonderbaren Blick. Fast scheint es Martha, als würde er sie hassen. Dabei hat sie ihn vorher noch nie gesehen. Sie schlägt die Augen nieder, weil sie seinen Blick nicht mag. Er hebt mit dem Zeigefinger ihren Kopf am Kinn hoch und zwingt sie so, ihn anzublicken. Mit seiner nächsten Frage hätte Martha niemals gerechnet. „Wie heißt deine Mutter?" Martha ist so erstaunt, dass sie ihre Angst für einen Moment vergisst. „Warum wollen Sie das wissen?", will sie sagen, doch in letzter Sekunde besinnt sie sich. Es steht ihr nicht zu, selbst Fragen zu stellen. „Gertrud", wispert sie. Wieder nickt der Mann. „Weißt du, wer ich bin?", lautet seine nächste Frage. Martha schüttelt den Kopf. „Ich bin Kommerzienrat Weber. Du hast sicher schon mal von mir gehört. Oder von meiner Familie." Wieder schüttelt Martha den Kopf. „Liest du keine Zeitungen, Mädchen?", fragt er ungläubig.

„Nein", flüstert Martha. „Ich ... ich kann nicht so gut lesen", gesteht sie.

„Natürlich nicht", sagt der Mann und in seiner Stimme schwingt fast so etwas wie Erleichterung mit, jedoch nur kurz. Dann sagt er: „Aber das spielt wohl keine Rolle mehr." Im selben Moment greift er unter ihre Achseln, hebt sie in einer fließenden Bewegung hoch und setzt sie sich wie eine Puppe auf seinen Schoß. Das geht so schnell, dass sich Marthas Körper erst versteift, als sie schon auf ihm sitzt. Der Mann ist noch viel stärker, als sie vermutet hat. Seine Hände fühlen sich an, als seien sie aus Eisen. Allerdings spürt sie keine Erektion, was sie als gutes Zeichen interpretiert. Vielleicht kann er nicht mehr? Er hält sie immer noch fest, sein Gesicht ist jetzt nur noch ein paar Zentimeter von ihrem entfernt.

„Deine Mutter ist eine Hure, Martha", sagt er in sachlichem Ton. „Weißt du das?"

„Meine Mutter stirbt", antwortet Martha schnell, fast verteidigend. Der Mann zieht die Augenbrauen hoch. „Ach was. Was hat die Gute denn?"

„Schwindsucht. Der Arzt sagt, dass sie nur noch wenige Wochen zu leben hat."

Jetzt lächelt der Mann zum ersten Mal, was Martha noch mehr Angst macht, denn sein Lächeln wirkt grausam und erreicht sein einziges Auge nicht.

„Göttliche Gerechtigkeit", sagt er kalt. „Nichts anderes hat sie verdient!"

„Kennen Sie sie denn?" fragt Martha, solange sie noch den Mut aufbringt, überhaupt etwas zu sagen.

Mit einer schnellen Handbewegung streift Weber seine lederne Augenklappe ab und wirft sie achtlos beiseite.

Martha atmet zischend ein, als sie das dunkelrote, feuchte Loch sieht, das sich hinter der Klappe verbarg. Sie will sich instinktiv losmachen, aber er hält sie weiter fest. Martha hat keine Chance, sich aus seinem harten Griff zu befreien.

„Das hat mir deine Hurenmutter angetan", sagt der Mann ruhig und kalt. „Sie hat mein Auge ausgekratzt."

Martha sagt nichts. Sie weiß nicht viel über die Vergangenheit ihrer Mutter, denn diese spricht so gut wie nie mit ihr, außer, um sie zu beschimpfen oder ihr Befehle zu erteilen. Aber dass auch sie lange Jahre ihren Körper verkauft hat, das immerhin weiß Martha. Schließlich ist sie ja deswegen bei Egon gelandet, einem alten Bekannten ihrer Mutter. Vor zwei Jahren, als es ihrer Mutter noch besser ging, hat sie sie ins *„Romantique"* gebracht und Egon gebeten, Martha Arbeit zu geben. Irgendeine Arbeit. Er war erst nicht begeistert, hatte dann aber die Idee, Marthas kleinkindliches Aussehen für die Bühne und die „speziellen" Kunden zu nutzen. Das kam so gut an, dass sie bis heute bei ihm bleiben darf.

„Warum?", fragt Martha. „Warum hat sie das mit dem Auge getan?"

Webers Ausdruck verhärtet sich noch mehr. Er ignoriert die Frage. „Hat sie mit dir jemals darüber gesprochen, wer dein Vater ist?"

Martha schüttelt erneut den Kopf. „Wenn Sie meine Mutter kennen, wissen Sie, dass dafür viele infrage kommen könnten", sagt sie leise.

„Hast du Geschwister?", will er wissen.

„Nein", sagt Martha.

„Das ist gut", meint Weber. „Das ist sehr gut."

„Was wollen Sie von mir", flüstert Martha. „Sie werden

mir doch nicht wehtun? Ich kann doch nichts dafür, dass meine Mutter ..."

„Sei still", unterbricht er sie. „Ganz still. Hörst du das Leben draußen?"

Martha horcht unwillkürlich. Wenn er das für das Leben hält, das Grunzen und die Schreie und die betrunkenen Männerstimmen, bitte! Marthas Leben ist das nicht. Jedenfalls flüchtet sie sich in die Illusion, dass es noch ein anderes Leben für sie gibt, auch wenn sie weiß, dass das nur Träumereien sind. Manchmal, frühmorgens, wenn ihre Mutter noch schläft, geht sie an die Spree. Sie schaut auf das Wasser, sieht, wie es fließt, hört die Vögel und atmet den Duft des Grases ein. Sie schaut den Booten hinterher und malt sich aus, wie die Welt aussieht, wenn man immer weiterfährt. Das sind die wertvollsten Minuten für sie, bevor sie wieder in die winzige, dunkle, im Winter eiskalte und jetzt im Sommer stickig heiße Wohnung zurück muss, um ihre Mutter zu versorgen. Und wenn sie abends als Grüne Fee auf der Bühne steht, malt sie sich manchmal aus, sie stünde stattdessen an Bord eines der großen Schiffe, ganz vorne, wie eine winzige Galionsfigur, mit dem Wind um die Nase und dem warmen Sonnenschein auf ihrem Körper. Das Boot fährt nach Italien, stellt sie sich gerne vor. Sie weiß zwar nicht genau, wo Italien liegt, aber ihre Mutter hat ihr in einem ihrer seltenen Anfälle von Mitteilsamkeit erzählt, dass ihre Urgroßmutter von dort stammen soll. Von ihr hat sie angeblich auch die schwarzen Haare und die riesigen dunklen Augen geerbt. Leider, findet ihre Mutter. Blond und blauäugig wäre besser, das gefällt den Männern. Ihre unbestimmten Italienträume helfen Martha sehr, die langen Abende im *„Romantique"* zu ertragen. Im Treppenhaus des Theaters hängen zudem ein paar Bilder, von denen Egon sagt, dass sie Italien zeigen. Auf einem sieht man einen türkisblauen See, umrandet von bunten Blumen, ein anderes zeigt eine große Stadt, die aussieht, als läge sie mitten im Wasser. Venezia heißt die Stadt, behauptet Amelie, die immerhin vier Jahre zur Schule gegangen ist. Venezia ... Wie schön sich das anhört, so weich, wie eine kleine Melodie.

Webers Hände haben sich, während Martha auf die Geräusche draußen horchte, auf ihren kleinen Hals zube-wegt. Jetzt liegen sie schwer auf ihren Schlüsselbeinen.

„Ich war Mitte vierzig, als ich deine Mutter kennen-lernte", sagt er, den Blick jetzt in eine unbestimmte Ferne gerichtet. „Hatte schon Familie, zwei Söhne, eine Tochter. Meine Frau konnte mich nach drei Geburten nicht mehr zufriedenstellen, also ging ich ins Bordell. Dort lernte ich deine Mutter kennen. Sie war damals vierzehn Jahre alt, ein hübsches Ding und noch Jungfrau." Sein Mund ver-zieht sich erneut zu einem grausamen Lächeln, das seine gelben, vage an ein kleines Raubtier, vielleicht ein Frett-chen, erinnernden Zähne zeigt. „Ich war ihr erster Freier. Ich hab sie mir genommen, aber sie hat sich wie eine Teufelin *gewehrt*! Dabei hatte ich gutes Geld für sie bezahlt." Er schüttelt leicht den Kopf, immer noch fassungslos darüber. „Sie hatte scharfe Krallen, wie du siehst!" Er blickt sie wieder an und diesmal erträgt Martha seinen Blick. Sie hat Angst vor dem, was er noch sagen wird. „Mein Auge hat sich entzündet, ich lag lange im Spital, und schließlich mussten die Ärzte es entfernen."

„Das tut mir leid", wispert Martha.

„Sicher", antwortet er spöttisch und grinst wieder, aber nur kurz. „Ich hab nach ihr gesucht, aber sie war weg. Hatte das Bordell verlassen. Niemand wusste, wohin sie gegangen war. Sie war wie vom Erdboden verschwunden. Das ist jetzt achtzehn Jahre her." Er beobachtet sie. Offenbar erwartet er irgendeine Reaktion von ihr, aber Martha ist auf der Hut. Sie reißt sich zusammen und versucht, ihn völlig ausdruckslos anzuschauen. Die Hände, die so dicht an ihrem Hals liegen, scheinen auf ihrer Haut zu brennen.

„Vor zwei Monaten hab ich dich hier gesehen, zum ersten Mal", fährt er fort, immer noch mit dieser ruhigen, fast tonlosen Stimme, die so gar nicht zum wilden Ausdruck seines Gesichts passen will. „Die gleichen Augen. Du ähnelst deiner Mutter, weißt du das?"

Martha schüttelt den Kopf. Ihre Angst ist mittlerweile größer als sie. Sie überlegt, ob sie schreien soll, vielleicht kommt Egon ihr ja zu Hilfe, aber wird er sie bei all dem Lärm unten hören? Und selbst wenn: wird er ihr helfen? Noch hat der Mann ihr ja nichts getan, aber sie spürt, dass das noch nicht das Ende seiner Geschichte ist.

„Meine Frau hat mir vor einem halben Jahr noch einen Sohn geboren", sagt er. „Er war genau wie du. Eine Missgeburt. Viel zu klein. Schlechtes Blut. Jetzt ist er tot."

Martha kann und will nicht länger so tun, als begreife sie nicht, worauf er hinauswill.

„Sind Sie mein Vater?", flüstert sie mühsam, weil ihr Mund mittlerweile so trocken wie Staub ist.

Er schaut sie an und nickt langsam. Dann löst er die Hände von ihrem Hals und legt sie um ihre winzigen Hüften, um sie auf seinem Schoß noch näher an sich zu rücken. „Meine *Tochter*", spuckt er verächtlich aus. Und plötzlich weiß Martha, dass er sie gleich umbringen wird und dass nichts und niemand ihr jetzt noch helfen kann.

„Schlechtes Blut", wiederholt er heiser. „So etwas darf nicht leben." Bevor sich seine Hände wieder um ihren Hals schließen können, lässt Martha sich plötzlich mit dem Oberkörper nach hinten fallen und greift blind in Richtung ihres großen, grünen Huts. Der Mann ist nur kurz überrascht, dann lacht er kehlig und zwingt sie, sich wieder aufzurichten. Als er die große, spitze Hutnadel in Marthas rechter Hand wahrnimmt, zuckt sein blauer Blick überrascht auf, aber es ist schon zu spät – mit aller Kraft, die sie in ihrem schmächtigen Körper hat, stößt Martha die Nadel in die linke, leere Augenhöhle des Mannes. Die Nadel geht glatt durch das empfindliche, weiche Gewebe und bleibt dann stecken. Weber bleibt noch einen Moment aufrecht sitzen, blickt sie an, hält sie fest, dann fällt er langsam nach hinten. Noch im Fallen ist sein Griff so fest, dass Martha wie ein Spielzeug mit ihm und auf ihn fällt.

Doch dann lösen sich seine Hände endlich von ihrem Körper und fallen kraftlos zur Seite. Martha rappelt sich auf und schaut auf ihn hinunter. Das blaue Auge steht weit offen, sein Mund ist immer noch halb zu einem höhnischen Grinsen verzogen, aber er rührt sich nicht mehr. Die Nadel steckt in der Augenhöhle wie ein spitzer Pfahl in lockerer Erde. Aus der Wunde tritt kaum Blut, aber Martha weiß, dass er tot ist. Sie hat trotzdem immer noch schreckliche Angst vor ihm.

Sie klettert hastig von ihm herunter und rennt zur Tür. Sie will nur raus aus diesem Raum, weg von diesem schrecklichen Mann, fort aus diesem Alptraum. Doch an der Tür hält sie inne. Ihr wird plötzlich bewusst, was sie getan hat. Sie hat einen Mann ermordet, einen Gast, einen wichtigen, hohen Beamten der Stadt. Man wird sie verurteilen, sie wird ins Gefängnis geworfen oder sogar hingerichtet werden. Wer soll ihr glauben, dass er sie umbringen wollte? Wer soll glauben, dass er ihr *Vater* war? Sie ist doch nur ein Hurenkind, ein Krüppel dazu. Sie denkt nach.

Dann geht sie wieder zum Sofa zurück, auf dem er reglos liegt. Sie klettert erneut auf ihn und atmet tief durch. Dann legt sie ihre Hand entschlossen um den grünen Knauf der Hutnadel und zieht sie langsam aus der Augenhöhle heraus. Es ist schwerer als gedacht, fast als wolle das dunkle rote Gewebe die Nadel nicht loslassen, sie als Mahnmal ihrer Tat für immer festhalten, aber schließlich löst sie sich doch und Martha fällt beinahe zu Boden. Der untere Teil der Nadel ist mit schmierigem Blut und noch etwas anderem verklebt und Martha ekelt sich. Sie lässt die Nadel auf den braunen Teppich fallen. Dann sucht sie nach der Augenklappe. Sie kann sie nicht finden. Wenn sie unter dem schweren, toten Körper liegt, ist Martha verloren. Hektisch sucht sie, ihre kleinen Finger wandern tastend über die Oberfläche des Sofas, und schließlich hat sie Glück: Die Augenklappe hatte sich in einer Falte des Sofaüberwurfs verfangen, als Weber sie sich abgerissen hatte. Martha legt Weber die Augenklappe sorgfältig wieder an.

Dann lässt sie sich erneut vom Sofa rutschen. Sie nimmt die Nadel und wischt sie sorgfältig an dem dunklen, schmutzigen Teppich ab, immer wieder, immer wieder, bis schließlich nichts mehr von Blut und dem anderen Zeug zu sehen ist, weder auf der Nadel, noch auf dem Teppich. Sie schaut sich leicht atemlos um. Hat sie noch etwas vergessen? Da fällt ihr die wertvolle Uhr wieder ein, die sie von der Bühne aus an ihm gesehen hat. Wenn sie die verkauft, ist sie reich. Jedenfalls für ein paar Monate. Das ist er ihr schuldig.

Marthas hoher spitzer Schrei lässt Egon, der sich gerade das erste Gläschen Absinth des Abends gönnt, innehalten. Was – verdammt – ist jetzt schon wieder los? Er hat Martha vorher noch nie schreien hören, aber er weiß ohne Zweifel, dass der Schrei von ihr kommt. Sie schreit wie ein Kätzchen, hoch und fein, aber durchdringend, wie spitze kratzende Kreide auf einer Schiefertafel. Er stellt das Glas beiseite und eilt die Treppe hoch, immer zwei Stufen auf einmal nehmend. Dass sie ihm nur keinen Ärger eingehandelt hat, er kann es sich nicht leisten, so einen vornehmen Kunden zu vergraulen wie den Herrn Kommerzienrat. Als er oben ankommt, lehnt Martha in der Tür, bleich und elend aussehend. „Sein Herz, glaub ich", piepst sie. „Ich konnte nichts dafür." Egon hält sich erst gar nicht weiter mit ihr auf, sondern stürmt ins Zimmer. Der Anblick des zusammengebrochenen Mannes auf dem Sofa bestätigt seine schlimmsten Befürchtungen. „*Merde*", entfährt es Egon voller Wut, als er dem Mann ins Gesicht blickt und auf den ersten Blick sieht, dass dieser tatsächlich tot ist. Er schaut sich um. Martha lehnt in der Tür und blickt ihn jämmerlich an.

„Was ist passiert?", herrscht er sie an. Martha schnieft. „Er ... er hat sich plötzlich an die Brust gefasst, und dann ist er einfach umgefallen", sagt sie.

Egon verdreht die Augen. Nicht, dass sowas zum ersten Mal passiert wäre. Erst vor zwei Jahren hat einen alten Studiendirektor, während er sich von Maria „erziehen" ließ, das gleiche Schicksal ereilt. Nicht umsonst nennen die Franzosen den Orgasmus *la petite mort*, den kleinen Tod, das weiß Egon, der sich etwas auf seine Französisch-kenntnisse zugutehält. Jetzt gibt es eigentlich nur zwei Möglichkeiten: Entweder er schleppt den Toten mithilfe eines ihm noch eine Gefälligkeit schuldenden Gastes auf die Straße, legt ihn irgendwo ab, wo man ihn alsbald finden wird, und hofft, dass niemand das beobachtet, oder aber er ruft die Gendarmerie ins „*Romantique*". Das kann Ärger nach sich ziehen, aber in den meisten Fällen – vor allem, wenn es sich um hochrangigere Persönlichkeiten handelt – bemüht sich die Familie um größtmögliche Diskretion, notfalls auch, indem sie den Beamten etwas zusteckt, damit die Umstände des Todes nicht in die Gazetten kommen. Außerdem kennt Egon einen morphiumsüchtigen Arzt, der für Bares alles tut. Ihn setzt er ein, wenn eins seiner Mädchen zu grob behandelt wurde oder der Verdacht einer Schwangerschaft besteht. Ja, vermutlich wird es das Beste sein, in diesem Sinne aktiv zu werden.

Er durchsucht kurz die Taschen des toten Mannes und findet schnell den Geldbeutel mit Ausweis und Adresse. Egon schaut hinein und überlegt kurz, ob er nicht doch das Geld einfach einstecken und die Leiche irgendwo los-werden soll. Aber er hat dann eine bessere Idee. Er wird jetzt die Familie Weber persönlich aus dem Bett schellen und ihnen den Fall schonend, aber deutlich darlegen. Gegebenenfalls kann er ihnen anbieten, dass sein Arzt den Totenschein ausstellt und gegen eine gewisse Summe für sich behält, unter welchen Umständen und wo genau Kommerzienrat Weber gestorben ist. Vielleicht sind sie sogar dankbar für seine Diskretion und Umsicht, sodass am Ende wesentlich mehr als die paar Münzen, die sich in der Geldbörse befinden, für ihn herausspringen?

Seine Gedanken werden von Martha unterbrochen. „Was machen wir jetzt? Wird man mich bestrafen?", fragt sie ängstlich von der Türe aus.

Verdammt, die Zwergin hatte Egon völlig vergessen. Er geht zu ihr und macht die Tür zum Mansardenzimmer mit einem energischen Ruck hinter sich zu. Dann fingert er in seinen Taschen und findet acht Goldmark, das Geld, das er von den Burschenschaftlern für Amelie bekommen hat. Er drückt es ihr in die Hand. „Nimm das hier!", raunzt er, „aber wenn du auch nur ein Wort über die Sauerei hier ausplauderst, dann prügel ich dir die Scheiße aus dem Leib, bis du mausetot bist, hast du mich verstanden?"

Martha umklammert fest die Münzen und nickt hastig. „Du bleibst hier vor dem Zimmer sitzen und lässt niemanden herein, klar? Ich bin in einer halben Stunde wieder zurück!" Er bedenkt sie noch mit einem weiteren warnenden Blick, dann hastet er die Treppe hinunter.

Martha stellt sich gehorsam vor die Tür. Dass jemand kommt, ist mehr als unwahrscheinlich. Das Zimmer liegt unterm Dach und die Mädchen halten sich immer nur unten auf, wenn sie Pause haben. Acht Goldmark! Das ist mehr Geld, als sie jemals auf einmal gesehen hat. Ihr wird klar, dass Egon das Geld von ihr zurückverlangen wird, sobald er Zeit hat, darüber nachzudenken.

Aber er hat nichts gemerkt, jubelt sie innerlich. Und wenn Egon nichts gemerkt hat, merkt vielleicht niemand, woran „er" in Wahrheit gestorben ist. Noch nicht mal in Gedanken kann sie Weber als ihren Vater bezeichnen, wird ihr bewusst. Und selbst wenn ein Gendarm oder ein Arzt die Augenklappe abziehen sollte, kann man den Einstich so gut wie nicht sehen, davon hat sie sich schließlich selbst überzeugen können. Martha atmet tief durch und spürt dabei das Gewicht der goldenen Uhr, die unter ihrem Kleid auf ihrer Brust liegt. Soll sie wirklich warten, bis Egon zurückkommt? Was, wenn er ihr dann nicht nur das Geld wieder abnimmt, sondern auch die Uhr bei ihr findet? Dann wird er wissen, dass sie den Toten bestohlen hat. Er wird fürchterlich wütend werden und vermutlich auch misstrauisch in Bezug auf ihre Schilderung des Vorfalls. Was, wenn die Wahrheit dann doch noch ans Licht kommt?

Aber wo soll sie hin? Erst mal nach Hause? Sie läuft die halbe Treppe hinunter und bleibt wieder stehen. Wenn sie jetzt zu ihrer Mutter läuft, wird diese misstrauisch werden und sie zwingen, ihr alles zu erzählen. Und dann wird sie ihr ohne jeden Zweifel auch Uhr und Geld abnehmen und sie weiterhin zu Egon schicken. Was bleiben ihr für Möglichkeiten?

Sie starrt blicklos auf die Wand vor sich, als könne die ihr eine Antwort geben. Und sieht plötzlich die beiden Bilder aus Italien vor sich. Den türkisblauen See, die Stadt im Meer. Und da weiß sie, wo sie hingehen wird. Auf eins der großen Schiffe wird sie sich schleichen, sich verstecken, klein genug ist sie ja, fast wie eine Maus, ja, das wird sie tun. Und wenn man sie findet, ist sie schon auf hoher See, und dann wird sie für die Überfahrt bezahlen. Alles wird sich finden. Martha lächelt. Ihr Vater hat ihr eine Reise geschenkt. Ein neues Leben. So wird sie sich ab jetzt an diesen Abend erinnern und alles andere vergessen in der großen Stadt im Meer.

ZUR GESCHICHTE DER GESCHICHTE

Um die Wende zum 20. Jahrhundert zählten sog. „Abnormitäten-schauen", bei denen Menschen mit körperlichen Fehlbildungen Kunststücke vorführten oder als Jahrmarktssensation ausgestellt wurden, zur ganz normalen Volksbelustigung; die Frage nach der Menschenwürde wurde nicht gestellt. Klein-wüchsige – sog. „Liliputaner" – traten in so gut wie jedem Varieté auf. Die Inhaber der Vergnügungsetablissements in der Berliner Friedrichstraße betrachteten das Sich-Prostituieren ihrer Bühnenkünstlerinnen häufig als selbstverständlich und betätigten sich nicht selten als Zuhälter.

D. C. Chill

DER REVOLUTIONÄRE GEIST
ODER
ILJITSCH TRINKT NICHT

Möwen kreisen über der Leiche. Ein Mann, nicht alt, auf dem Rücken treibend, in einem weit ausladenden Mantel.

„Lass", murmelt Peters in seinen Bart, als Freese nach dem Enterhaken greift. „Hab gesagt, lass sein. Gibt Ärger!"

Doch Freese hat den leblosen Körper schon am Haken. „Vielleicht finden wir was, komm, hilf jetzt mal, mach!" – „Mann!" Peters klopft wütend seine Tabakpfeife aus, verstaut sie in seinem Wams und greift widerwillig nach dem toten Mann. Der schlingert wie eine Marionette über die Bordwand und klatscht in die frischen Heringe.

„Der schöne Fang", schimpft Peters, während sich Freese seiner Korkweste entledigt und anfängt, die Kleidung des Toten zu durchsuchen: Reisepass, ein Fährticket nach Schweden und Geld kommen zum Vorschein – Münzen und ein paar ausländische Scheine, kaum der Mühe wert.

Während Freese den Mann herumdreht, um ihm den Mantel auszuziehen, dröhnt die Sirene der ablegenden *Drottning Victoria* – Peters fährt der Schreck in die Glieder. Erhaben gleitet die Eisenbahnfähre der Königslinie aus dem Hafen. Als Peters die Wunde auf dem Hinterkopf der Leiche sieht, muss er kotzen.

Für das Fischerboot hat der Mann mit dem Spitzbart, der in Begleitung zweier Damen auf dem Deck der Fähre auf und ab geht, keinen Blick, auch nicht für das Panorama von Sassnitz. Er schaut zur Uhr, flucht auf Russisch über den aufkommenden Wind und zieht seine Schirmmütze ins Gesicht. Eine der Frauen, Nadeshda, wiederholt einen kurzen Text in deutscher Sprache, mit dessen Formulierung der Mann nicht zufrieden ist. Als sich Inessa, die andere Frau, mit einem Korrekturvorschlag zu Wort meldet, zischt der Mann sie an, sich zurückzuhalten: *„Vous fermez votre bouche. Sortez!"*

Inessa dreht sich weg, bleibt aber stehen.

Der Mann hebt die Stimme, sodass jetzt auch die anderen Mitglieder seiner Gruppe auf dem Schiffsdeck hören, was er sagt: „An die Schweizer Genossen. Deutsche Regierung wahrte Exterritorialität unseres Wagens. Fahren weiter. – Sofort kabeln, Nadja!" Einige der Umstehenden applaudieren.

Frieda von Ortwig ist wütend. Schon zum dritten Mal hat sich die junge Fotografin am frühen Morgen aus dem Bett gequält, um die Sassnitzer Mole im Sonnenaufgang abzulichten, und wieder hat sie ihre schwere Plattenkamera umsonst an den Strand geschleppt: Der Himmel ist grau, die Horizontlinie nur am Kurs der ausfahrenden Fähre zu erkennen. Aber heute wird Frieda dennoch eine Aufnahme machen; die wäre zwar nicht im Sinne ihrer Auftraggeber, aber vielleicht als freie Arbeit zu gebrauchen. Die Fotografin träumt von einer Galerie, die ihre Bilder zeigt: an weißen Wänden, wie richtige Kunst. Routiniert stellt sie Entfernung und Blende ein, setzt das Magazin mit der Negativplatte an die Kamera und löst aus. Jetzt freut sie sich, doch etwas aus diesem tristen Morgen gemacht zu haben, und schlüpft zur Kontrolle der Bildkomposition noch einmal unter das Dunkeltuch. Frieda stutzt: Am Rand des kopfstehenden Bildes auf der Mattscheibe ist ein Fischerboot zu sehen, das sie mit bloßem Auge nicht wahrgenommen hat: darauf zwei Männer, soeben dabei, einen menschlichen Körper im Meer zu versenken. Fassungslos packt die Fotografin ihre Ausrüstung zusammen und stürmt zurück in ihr Hotel.

Zwei Stunden später sitzt sie auf der Polizeiwache und erstattet Anzeige. Auf dem Fotoabzug, der noch feucht ist, kann man zwar nicht genau sehen, was die Fischer tun, aber wer die beiden sind, erkennen die Polizeibeamten am Aussehen des Bootes sofort. Doch sie halten es für ausgeschlossen, dass Freese und Peters ein Verbrechen begangen haben: „Dat was gewiss de Beifong, Frollein. Fischobfoll is dat, weiten Sei", erklärt der ältere der beiden Polizisten in breitem Platt.

Inessa fühlt sich nicht gut, es ist ihr unangenehm, dass sie Wlad gestern Abend brüskiert hat. In einer historischen Situation, in der die Zukunft eines ganzen Landes auf dem Spiel steht, hat sie sich wie eine Närrin benommen, kleinlich, kleinbürgerlich! Sie hätte längst mit ihm reden müssen, auch mit Nadeshda. Offenheit ist doch immer das Prinzip ihrer Beziehung gewesen. Das Beste wäre, die drei einander vorzustellen, gleich hier auf dem Schiff, noch bevor sie in Schweden an Land gehen. Wo Georg bloß steckt? Inessa wendet sich an einen Steward und fragt nach der Passagierliste.

Am Nachmittag stellt sich der Fall bereits anders dar. Und zwar so anders, dass die örtliche Polizei an die Grenzen ihrer Kompetenzen stößt und Unterstützung aus der pommerschen Regierungsbezirkshauptstadt anfordern muss, denn im Haus von Freese wurden fast 7500 Schweizer Franken in kleinen Scheinen gefunden. Das Geld war in den Mantel eingenäht, den der Tote trug. Die Fischer legen ein Geständnis ab und lotsen die Polizeibeamten zu der Stelle, an der sie den Leichnam, beschwert mit dem Ersatzanker ihres Bootes, in die Ostsee geworfen haben. Sie beschwören jedoch, unschuldig am Tod des Mannes zu sein.

Auf dem Tisch ein Band mit Erzählungen von Hesse. Frieda von Ortwig sitzt, ein wärmendes Teeglas zwischen den Händen, auf der Hotelterrasse und starrt auf das Meer. Sie ist sich mit einem Mal unsicher, ob es richtig war, die beiden Fischer anzuzeigen, einfache Männer, die hart arbeiten müssen, um ihre Familien zu ernähren. Als Frieda das Buch in die Hand nehmen will, um weiterzulesen, fällt ihr Blick auf einen jungen Mann, der sich über die Promenade schleppt – ein Soldat, dem ein Bein fehlt und der das Gehen an Krücken noch nicht richtig gelernt hat. Während Frieda über das Wort *versehrt* nachdenkt, das ihr auf einmal seltsam falsch vorkommt, stürmt ein beleibter Mann gestikulierend auf den Invaliden zu und verweist ihn von der Promenade. Frieda winkt dem Kellner und zeichnet ihre Rechnung.

Freese und Peters werden in Gewahrsam genommen, der aktuelle Ermittlungsstand per Fernsprecher an die Bezirksbehörde der preußischen Polizei in Stralsund übermittelt, wo Kommissar Albert Kressinger bereits damit befasst ist, eine Ermittlungsinspektion zusammenzustellen. Der tote Mann stammt gemäß den Angaben in seinem Pass aus dem eidgenössischen Kanton Neuenburg: Häfeli, Franz, geboren 1886 in *Môtiers*. Die Leiche wurde inzwischen geborgen und in die Auferstehungskapelle der Kirchengemeinde gebracht. Dem jüngeren Polizisten fällt auf, dass die Schuhe des Toten nicht zu dessen übriger Garderobe passen: Die Füße stecken in alten, verschlissenen Wanderstiefeln mit grober Besohlung.

Ein ortsansässiger Kurarzt stellt den Totenschein aus: Die Kopfwunde könnte von einem Schlag oder Sturz rühren, doch den äußeren Anzeichen nach ist das Opfer ertrunken. Zum Todeszeitpunkt will sich der Mediziner nicht festlegen, vermutet aber, dass dieser mehr als zwölf Stunden zurückliegt. Er rät, umgehend fotografische Aufnahmen des Opfers anzufertigen, weil sich die äußeren Merkmale der Leiche zu schnell verändern würden. Da das Revier über keine technische Ausrüstung zur Beweissicherung verfügt und der Inhaber des Sassnitzer Fotoateliers an die Front eingezogen wurde, wenden sich die Beamten hilfesuchend an Frieda von Ortwig, die nach kurzer Bedenkzeit zusagt.

Das Buffet, das der „Fürst" zur Begrüßung der russischen Gruppe in Schweden organisiert hat, passt Iljitsch überhaupt nicht: dekadent, bourgeoiser Firlefanz.

Er hatte geplant, ohne Verzögerung weiterzureisen, und jetzt steht er hier in seinem schäbigen Dreiteiler und wird angestarrt wie ein exotisches Tier. Und niemand redet über das, worum es eigentlich geht: Neue Nachrichten aus Russland sind das Einzige, was Iljitsch interessiert – stattdessen Geschwätz! Nachdem er Platz genommen hat, streift er unter dem Tisch die unbequemen Schuhe ab, die er seit gestern Abend über zwei Paar Wollstrümpfen trägt. Nadeshda ist irritiert – Inessa, die auf der anderen Seite sitzt, mit ihren Gedanken woanders.

Den toten Mann erkennt Frieda von Ortwig auf den ersten Blick, beziehungsweise sie erkennt ihn wieder. Sie hat ihn gestern in der Nähe des Fährhafens gesehen, als sie auf der Suche nach Fotomotiven war. Der Mann hat nervös gewirkt oder angespannt, jedenfalls irgendwie beunruhigt. Der junge Polizeibeamte notiert die Aussage der Fotografin diensteifrig in sein Notizbuch.

„Suizid?", erkundigt sich Frieda aufgesetzt kühl bei dem älteren Polizisten, der ihr beim Aufstellen des Stativs zur Hand geht. Er zuckt die Schultern.

Als sie das erste Mal auslöst, zittert Friedas Hand, aber das geht im gleißenden Licht des Blitzes unter, dessen Pulverdämpfe das Innere der Kapelle einnebeln. Polizisten müssen husten.

„Inès!" Energisches Klopfen an der Hotelzimmertür. Inessa legt die ungeöffnete Flasche *Häfelis Absinthe* zurück in die Transportkiste und hüllt sich eilig in ihr Reiseplaid, als Iljitsch bereits ins Zimmer tritt. „Wlad ...", sie macht den Versuch einer Umarmung, aber er entzieht sich mit einer kalten Geste. „Es gibt Arbeit, Inès. Nadeshda hat eine Schreibmaschine organisiert, beeil dich!"

„Wlad, es tut mir leid, aber ich dachte, wenn ..."

Iljitsch packt Inessa an den Schultern und sieht sie durchdringend an: „Denken, meine Liebe, solltest du nur noch an die Revolution, und jetzt komm bitte, wir haben zu tun!" Bereits in der Tür, wendet sich Iljitsch noch einmal um. „Was ist eigentlich in dieser Kiste?"

„Vielleicht der revolutionäre Geist, wer weiß", antwortet Inessa spitz und folgt ihm.

Für einen Moment scheint es Frieda von Ortwig, als verfolge sie der Blick des Toten. Doch es ist nur die Oberfläche der Fixierlösung, die eine Bewegung vortäuscht. Seit Stunden arbeitet die Fotografin im matten Rotlicht ihrer Reisedunkelkammer, die sie im Bad ihres Hotelzimmers aufgebaut hat. Sie öffnet den Wasserhahn und balanciert die tropfenden Abzüge zum Waschbecken. Dann tritt sie auf den Balkon hinaus.

Ein Käuzchen schreit.

Frieda von Ortwig trinkt einen Schluck aus ihrem Rotweinglas und zündet sich eine Zigarette an. Das rhythmische Strahlen des Leuchtturms im Blick, nimmt sie hastig ein paar Züge.

Inessa ist übernächtigt. Es ist zwei Uhr morgens, als Inessa übernächtigt in ihr Hotelzimmer zurückkehrt. Zu ihrer Verwunderung trägt die Absinthkiste jetzt ein Zollsiegel.

Inessa verriegelt die Tür und legt sich beunruhigt ins Bett.

Nachdem die Kriminalinspektion am frühen Vormittag auf der Insel eingetroffen ist, herrscht unter den Sassnitzer Beamten helle Aufregung: Die Neuenburger Kantonspolizei habe in einem Kabel bestätigt, dass ein „Häfeli, Franz" Opfer eines Verbrechens geworden sei, aber nicht auf Rügen, sondern im schweizerischen *Val-de-Travers*. Der einunddreißigjährige Mann sei dort vorgestern Morgen – ebenfalls am Kopf verletzt – aufgefunden und bereits von seinen Eltern identifiziert worden. Außerdem sei der Zwillingsbruder des Mordopfers, Georg Häfeli, verschwunden.

„Bei dem es sich mutmaßlich um den Toten aus der Ostsee handelt", schlussfolgert der Kommissar und zieht damit den Fall an sich. „Wo befindet sich der Tote? Gibt es Zeugen? Was ist über die Tatverdächtigen bekannt?"

Das Protokoll wird eröffnet, es ist Freitag, der 13. April 1917.

Als den Häfelis die Nachricht überbracht wird, dass auch ihr zweiter Sohn nicht mehr lebt, weigern sie sich, diese zu akzeptieren: Ein Irrtum, eine Verwechslung vielleicht – was soll denn der Junge in Deutschland, auf einer Insel, am Meer?

Die Zwillinge Georg und Franz waren so etwas wie Wunschkinder gewesen. Als sie 1886 zur Welt kamen, hatten Xavier und seine Frau Emilie gerade die Absinthbrennerei der Eltern übernommen. Die Produktion lief auf Hochtouren, der Familienbetrieb konnte sich vor

Aufträgen kaum retten: *Häfelis Absinthe* war eine im In- und Ausland gefragte Spezialität. Dank des zunehmenden Wohlstands wuchsen die Söhne behütet auf und verlebten eine unbeschwerte Kindheit. Als sie älter waren, wurden sie – als künftige Erben – zur Mitarbeit im elterlichen Betrieb angehalten, doch Mutter und Vater legten ebenso viel Wert auf eine gute Schulbildung. Aber das *âge d'or de la fée verte*, wie Emilie die erfolgreichen Jahre immer genannt hatte, endete jäh – denn 1908 votierte das eidgenössische Volk, vorgeblich aus Angst vor den unberechenbaren Folgen des Absinthgenusses, für ein gesetzliches Verbot des Getränks, das zwei Jahre später in Kraft trat. Die Häfelis mussten ihren Betrieb verkleinern, die Produktion wurde auf Obstschnäpse und Kräuterlikör umgestellt. Um in Übung zu bleiben, brannte man weiterhin gut hundert Liter Absinth im Jahr zur persönlichen Verwendung. „Zu Heilzwecken", wie Xavier Häfeli die illegale Herstellung rechtfertigte.

Die Söhne, die Anfang zwanzig waren, sahen im Familienbetrieb der Häfelis keine berufliche Perspektive mehr. Am liebsten hätte der Vater die vom Staat gezahlte Entschädigungssumme dafür eingesetzt, Georg Jura studieren zu lassen, damit dieser irgendwann gegen das Absinthverbot prozessieren könne, aber für die Universität fehlte Georg der Schulabschluss. Stattdessen absolvierte er eine kaufmännische Lehre und eröffnete in Lausanne ein kleines Geschäft, in dem die Erzeugnisse des Häfeli'schen Familienbetriebes verkauft wurden. Die Präsenz der Firma in einer größeren Stadt sollte dabei helfen, unter den die Gegend bereisenden Ausländern Handelspartner oder Lizenzkäufer zu akquirieren, um die Absinthproduktion der Häfelis irgendwann ins Ausland zu verlagern. Georg lernte tatsächlich alle möglichen Leute kennen, darunter den Hauslehrer der Kinder des Zaren, als dieser seine Eltern in der Schweiz besuchte. Pierre Gilliard ermunterte Georg, Russisch zu lernen: Fremdsprachen seien gut fürs Geschäft.

Zwillingsbruder Franz hatte eine Hotelanstellung in Montreux gefunden. Im Sommer betreute er vermögende Touristen beim Golf oder Tennis, im Winter arbeitete er als Skilehrer. Da es ihm an Ehrgeiz fehlte, Karriere zu machen, zog er es vor, sein Leben zu genießen und mehr oder wenige flüchtige, stets jedoch diskrete Beziehungen mit erholungsuchenden Damen einzugehen.

Obwohl die Zwillinge nicht weit voneinander entfernt wohnten, sahen sie sich selten. Dann begann der Krieg. Die Schweiz machte mobil, und die Brüder wurden zum Aktivdienst einberufen. Doch ihre Zeit als Wehrmänner im Wartestand dauerte nicht allzu lange: Franz ließ seine Beziehungen spielen, Georg wurde aufgrund seiner Selbstständigkeit im „Lebensmittelhandel" freigestellt.

Im Herbst 1916 lernte Georg die zwölf Jahre ältere Inessa kennen, deren Persönlichkeit ihn sofort faszinierte. Die Frau, die sich zur Erholung in *Baugy-sur-Clarens* in der Nähe von *Montreux* aufhielt, litt an Erschöpfung, weshalb Georg sie unter der Hand mit Absinth aus dem Familienbetrieb versorgte. Inessa, die lange Zeit ihres Lebens in Moskau verbracht hatte, revanchierte sich mit Russisch-Lektionen. Als Georgs Vater davon erfuhr, lebten sogleich seine Expansionspläne wieder auf. Er hegte die Hoffnung, dass die Verbindungen der Dame nach Russland für eine Geschäftsanbahnung in Sachen Absinthproduktion geeignet sein könnten. Nach seiner Auffassung bot das riesige Land mit seinem scheußlichen, als „Wodka" bezeichneten Fusel einen geradezu unerschöpflichen Markt für anspruchsvolle Alkoholika.

Georgs Interesse an Inessa wurde schon bald von persönlichen Motiven bestimmt. Denn er verliebte sich in die reife, anziehende Frau, worauf diese zunächst mit großer Zurückhaltung reagierte, aber bei jeder Begegnung mehr Gefallen an der heiteren und ungezwungenen Art des jungen Mannes fand, die sich so diametral von dem grüblerischen Wesen ihres vormaligen Liebhabers unterschied: Iljitsch, der russische Bolschewik, hatte Inès – geborene Französin und Kaufmannsgattin, die sich für revolutionäre Ideen begeisterte – mit den führenden Sozialisten Europas bekannt gemacht, und zu seiner engsten Mitarbeiterin. Neben Ehefrau Nadeshda, versteht sich, die duldende Miene zum kollektiven Liebesspiel machte und die Troika als revolutionäre Lebensform tolerierte. Es war Iljitsch selbst, der die amouröse Periode in seinem Verhältnis zu Inessa beendet hatte.

Das alles war lange her und irgendwann begann Inessa, Georgs Gefühle zu erwidern. Unter Wahrung äußerster Diskretion trafen sich die beiden hin und wieder in einem abgelegenen Hotel am Genfer See. Die schwärmerische Verliebtheit des jüngeren Mannes und die heilende Wirkung seines Wundergetränks Absinth führten zu einer spürbaren Erholung Inessas. Um ihre Gesundheit nicht neuerlich aufs Spiel zu setzen, lehnte sie zu Beginn des Jahres 1917 sogar einen politischen Auftrag von Iljitsch ab.

Doch mit der Februarrevolution im russischen Petrograd änderte sich alles. Nachdem Iljitsch die Nachricht vom Sturz des Zaren erreicht hatte, betrieb er intensiv seine Rückkehr in die Heimat, und natürlich durfte Inessa dabei ebenso wenig fehlen wie seine Frau Nadeshda. Doch auf welchem Wege? Für die Länder der Entente waren Iljitsch und seine Gesinnungsgenossen Staatsfeinde ihres Verbündeten Russland, für die Mittelmächte Bürger einer gegnerischen Kriegspartei. Dennoch gestattete das Deutsche Reich den Russen die Durchreise, denn die kaiserliche Regierung erhoffte sich von der Machtübernahme durch die Revolutionäre militärisch zu profitieren: Ein Friedensschluss an der Ostfront würde die nötigen Truppen freisetzen, um die Schlagkraft gegen die westlichen Alliierten zu erhöhen. Dringender Handlungsbedarf war geboten, denn am 6. April erklärten die Vereinigten Staaten Deutschland den Krieg.

Einen Tag zuvor, am Donnerstag, hatte Georgs Vater, der sich regelmäßig aus der Zeitung über den Verlauf der Ereignisse in Russland informierte, Inessa zu einem Geschäftsessen eingeladen. Wegen der bevorstehenden Reise hatte sie zwar kaum Zeit – Iljitsch rief mehrere Male täglich an, um sie zu instruieren –, willigte aber Georg zuliebe in das Treffen ein. Nach Xavier Häfelis Meinung bot die aktuelle Situation genau die richtigen Voraussetzungen, um in Russland wirtschaftlich aktiv zu werden, und die aus der Schweiz zurückkehrenden Landsleute seien die idealen Gewährsleute für die Umsetzung seiner Pläne. Wenn Inessa nichts dagegen einzuwenden habe, werde er zu Werbezwecken neunzig Flaschen *Häfelis Absinthe* mit ihr auf die Reise nach Russland schicken.

In der folgenden Nacht verschmolzen Georgs Abschiedsschmerz und Inessas wiedererwachter revolutionärer Enthusiasmus zu dem innigen Wunsch, einander bald wiederzusehen. Ein Grund mehr für Inessa, sich für eine Absinthproduktion in Russland zu verwenden – obwohl dies keine allzu hohe Priorität auf der aktuellen politischen und wirtschaftlichen Agenda habe, wie sie lächelnd, aber den Tränen nah, hinzufügte.

Gegen Morgen – zum ersten Mal war Georg bei Inessa geblieben – rief Iljitsch an, um den Termin für die Rückreise durchzugeben: Am kommenden Montag stehe in Zürich ein Sonderwaggon für den Transit der Gruppe über das deutsche Staatsgebiet bereit. Die Weiterreise erfolge von Sassnitz aus mit der Eisenbahnfähre nach Schweden.

Inessa fragte, ob Georg eine Ahnung habe, wo dieser Hafen liege ...

Am Freitagabend lud Georg seinen Bruder Franz zum Trinken ein, beide hatten sich längere Zeit nicht gesehen. Die Trennung von Inessa machte Georg so sehr zu schaffen, dass er sein Herz ausschütten musste. Kaum hatten sie Platz genommen und ihre Bestellung aufgegeben, sprudelte es nur so aus ihm heraus. Franz, gewohnheitsmäßig in Frauengeschichten verwickelt, empfahl Georg, die Dame so schnell wie möglich zu vergessen und sich nicht bei ihm auszuheulen, sondern Trost bei einer anderen, bevorzugt jüngeren Frau zu suchen, von denen es in Zeiten militärischer Dauerbereitschaft des männlichen Teils der Bevölkerung ebenso zahlreichen wie willigen Überschuss gebe.

„Aber ich liebe Inessa", beschwor Georg, bestellte eine neue Runde und fuhr ohne Punkt und Komma fort.

Franz hörte kaum noch zu, die in seinen Augen kindische Schwärmerei des Bruders begann ihm auf die Nerven zu gehen. Seine Aufmerksamkeit setzte jedoch sofort wieder ein, als der Bruder auf den politischen Hintergrund der bevorstehenden Reise seiner Angebeteten zu sprechen kam. Dieses Interesse erstaunte wiederum Georg. Was dieser nicht wusste und nicht wissen durfte: Franz war mehr als der notorische Frauenheld, den er selbst gern spielte. Inmitten der großen europäischen Schlachtfelder hatte sich die kleine neutrale Schweiz zum Schauplatz eines kalten Krieges entwickelt. Hier wurde verhandelt und verraten und an unsichtbaren Fronten gekämpft. Die wichtigste Währung dabei: Erkenntnisse über Feind und Freund.

Eines Tages war der eloquente Bruder einem britischen Agenten aufgefallen und von diesem angeworben worden, Informationen zu beschaffen, die für die Kriegsführung der Entente von Wichtigkeit sein könnten. Franz hatte sich ebenso geschmeichelt wie herausgefordert gefühlt und innerhalb kurzer Zeit ein kleines Netzwerk unverfänglicher Quellen aufgebaut: Hotelangestellte, Kellner, Chauffeure berichteten ihm für ein kleines Zubrot, was sie hörten oder sahen. Auch seine Damenbekanntschaften erwiesen sich als ergiebig. Franz sammelte fleißig und erstattete seinem Kontaktmann Alan Turner regelmäßig Bericht. Und das, was der Bruder ihm gerade erzählte, gehörte ohne jeden Zweifel zu den interessantesten Neuigkeiten, die Franz in letzter Zeit zu Ohren gekommen waren: Georg, der, anders als er selbst, immer weiter trank, plauderte alles aus, was er wusste.

Nachdem Franz den Bruder sicher ins Bett gebracht

und fürsorglich mit einem Nachtgeschirr versorgt hatte, nahm er Verbindung zu Alan Turner auf, der umgehend zu einem Treffen bereit war.

Am Samstagmorgen sah Franz beinahe so blass aus wie sein restalkoholisierter Bruder, aber heute war er es, der sich in einer schwierigen Lage befand: Turner, sein Kontaktmann, der bereits über die bevorstehende Reise der Russen informiert war, hatte sofort nach Franz' Bericht den Plan entwickelt, die Gunst der Stunde zu nutzen und ihn in das Umfeld des Anführers Iljitsch einzuschleusen: Franz solle etwa zeitgleich wie die Russen als Schweizer Geschäftsmann über Deutschland nach Schweden fahren, dort die Rückkehrer kontaktieren und mit ihnen in Russland einreisen – und zwar mit Georgs Identität. Die Absinthlieferung des Vaters wäre dafür die perfekte Tarnung.

Der Bruder verstand kein Wort. Einige Tassen Kaffee und eine Handvoll *Salipyrin* später versuchte es Franz noch einmal: „Hör zu, Georg. Du darfst das eigentlich nicht wissen, aber es ist … Also, ich arbeite für den britischen Geheimdienst, und die wollen jetzt, dass … ich soll mit deinem Pass nach Russland reisen … als Agent, verstehst du?"

Nachdem Georg erst den Kopf schüttelte und dann nickte, fuhr Franz fort: Sein Problem sei, dass er unter keinen Umständen nach Russland wolle – und deshalb Georg bitte, die Reise für ihn anzutreten: Der Bruder wäre auf diese Weise bald wieder in der Nähe seiner Geliebten und außerdem spreche er ja sogar etwas Russisch! Franz fügte hinzu, dass seine Auftraggeber ausreichend Geld für eine Existenzgründung in Russland zur Verfügung stellen würden, eine Chance, die sich Georg nur einmal biete – und für ihn selbst bestehe die Aussicht, sein bisheriges Leben weiterzuführen. Auch wenn er sich erst einmal für einige Zeit zurückziehen müsste: So lange bis er den Briten auf andere Weise nützlich werden könne, würde er bei den Eltern untertauchen.

Georg erwiderte, dass er nicht das geringste Talent habe, als Agent zu arbeiten, ganz abgesehen davon, dass er Inessa und ihre Leute niemals ausspionieren würde.

„Pass auf, Georg, der Trick ist der: Wenn du erst einmal in Russland bist, kannst du tun, was du willst, denn die Briten denken, dass ich das bin!" Franz grinste verschwörerisch. „Also überleg's dir, aber schnell! In zwei Stunden bin ich zurück."

Am Nachmittag kleideten sich die Brüder ein. Als sie den Herrenausstatter verließen, trugen sie den gleichen Hut, den gleichen Mantel und gleiche Schuhe – zum ersten Mal seit ihrer Kindheit waren Georg und Franz wieder wie Zwillinge angezogen und fast nicht zu unterscheiden.

Inessa packte ihre Koffer. Der Aufbruch fiel ihr schwer, auch wenn sie wusste, dass es dieses Mal vielleicht um alles ging.

Am Sonntag erreichten die Brüder kurz nacheinander Zürich. Im *Hotel du Nord*, unweit des Bahnhofs, waren zwei Zimmer mit Verbindungstür für sie reserviert. Bei Georg wurde die Transportkiste mit dem Absinth deponiert, die der Vater angeliefert hatte.

Die Familie traf sich zum Nachtessen im *Kurhaus Zürichberg*, wo die Eltern Logis genommen hatten. Da

Ostern war, hatte Mutter Emilie ihren Mann begleitet, um ihre Söhne zu sehen. Xavier Häfeli ließ die Menükarte kommen, dann wurde bestellt.

Noch während der Vorspeise betrat Agent Turner Georgs Hotelzimmer, öffnete die Transportkiste und injizierte in jede Flasche eine winzige Menge Flüssigkeit. Er war beinahe fertig, als es klopfte und ein Zimmermädchen in den Raum trat. Turner versteckte sich im Nachbarzimmer. Die Hotelangestellte bereitete das Bett zur Nacht und kontrollierte das Bad. Dann verriegelte sie die Verbindungstür.

Von ihren aktuellen Plänen erzählten Georg und Franz den Eltern nichts. Trotzdem war die Stimmung seltsam gedrückt. Vater Xavier, der sich über seine Geschäftsanbahnung freute, bemühte sich vergeblich, die Familie aufzumuntern.

Zurück im Hotel empfing Franz den Schlüssel von Georg und Georg den von Franz. Im Zimmer wunderte sich Franz über die geöffnete Transportkiste. Da augenscheinlich nichts fehlte, machte er sich keine weiteren Gedanken.

Am Montag nach dem Frühstück tauschten die Brüder ihre Mäntel. Der, den Georg bekam, war spürbar gewichtiger als der andere. Franz erklärte dies mit dessen besonderem Wert und nannte mit gedämpfter Stimme eine Summe. Beide überspielten ihre Aufgeregtheit mit Albernheiten. Während sie mit ihren Pässen hantierten, klopfte es an der Hotelzimmertür – schnell ließen sie ihre Papiere verschwinden. Die beiden Pagen entschuldigten sich für die Störung und nahmen die Transportkiste mit dem Absinth entgegen, um sie zum Bahnhof zu schaffen. „*Bagages de Madame Inès.*" – Iljitsch persönlich winkte das Gepäck durch.

Als der Zug mit dem Sonderwaggon der Russen um zehn Minuten nach drei Uhr nachmittags aus dem Zürcher Bahnhof rollte, stand Inessa am Fenster und blickte suchend nach draußen: Vielleicht war er doch gekommen, um Adieu zu sagen. Obwohl sie das Gegenteil verabredet und einander geschworen hatten, sich daran zu halten, hätte sie sich jetzt gefreut, Georg noch einmal zu sehen – wenigstens von Weitem.

Iljitsch, der nervös war, weil andere Russen auf dem Bahnsteig gegen die Reise der Gruppe protestierten, lenkte sich damit ab, die Sitzplätze unter den gut dreißig Mitreisenden aufzuteilen: Beim Passieren der deutschen Grenze sollte alles seine Ordnung haben. Inessa bekam ihren Platz im selben Abteil wie er und seine Frau. Nadeshda war soeben dabei, die Liste der Emigranten zu überprüfen: Alle hatten ihre Fahrkarten selbst bezahlt und eine Erklärung unterschrieben, die Reise auf eigenes Risiko anzutreten.

Auch Georg, der einige Waggons entfernt saß, war angespannt. Die vergangenen Tage waren aufreibend gewesen und die Situation, in der er sich befand, mehr als ungewohnt. Doch was sollte schon passieren? Georg war als Schweizer Staatsbürger in geschäftlichen Angelegenheiten nach Skandinavien unterwegs. Dass irgendwelche Engländer glaubten, er sei Franz, spielte für ihn keine Rolle.

Am Grenzübergang Gottmadingen bestiegen zwei deutsche Offiziere den Zug. Die Pässe und das Gepäck der Russen wurden, einer Vereinbarung gemäß, nicht kontrolliert. Zur Abgrenzung des „russischen Territoriums" diente ein Kreidestrich auf dem Fußboden des Waggons, der die Exterritorialität der Abteile markierte; Türen wurden verplombt.

Man fragte Georg bei der Passkontrolle nicht einmal nach seinem Reiseziel. Doch während er wartete, dass die Stempelfarbe trocknete, bemerkte er, dass er nicht seinen, sondern den Pass von Franz in der Hand hielt! In Georgs Kopf lief noch einmal die Szene vom Morgen ab: Franz und er hatten die Mäntel getauscht und vermutlich bei dem anschließenden Durcheinander ihre Pässe verwechselt. Georg trat Schweiß auf die Stirn: Wahrscheinlich wäre es das Beste, sofort umzukehren! Welche Bedeutung auf einmal so ein banales grau-grünes Heftchen hatte. Er wog die Konsequenzen ab und beschloss, die Reise wie geplant fortzusetzen. In Berlin würde er die Schweizer Gesandtschaft aufsuchen und das Versehen erklären – bestimmt gab es die Möglichkeit, ein Ersatzdokument auszustellen.

Unterwegs wurde der Waggon der Russen abgekoppelt und auf ein Nebengleis rangiert, um an einen anderen Zug angehängt zu werden. Iljitsch reckte seinen Spitzbart, ihn störte die Qualmerei auf der Zugtoilette. Um die ständige Blockade des Aborts zu unterbinden, schnitt er Eintrittskarten für die Benutzung zu. Die Raucher murrten, hielten sich aber an Iljitschs Anordnung.

Georgs Zug hielt kurz vor Darmstadt auf freier Strecke. Militärtransporte wurden vorbeigeleitet. Die deutschen Soldaten, die auf den Waggons hockten, um ihr Gerät zu bewachen, sahen übernächtigt aus. Nachdenklich schloss Georg das Abteilfenster.

Die Russen befanden sich inzwischen in der Nähe von Karlsruhe. Auch dieser Zug musste wieder einmal warten, aber der Sonderwaggon war gut geheizt. Die Emigranten aßen ein improvisiertes Abendbrot aus mitgebrachten Lebensmitteln und tranken selbst gebrühten Tee.

Mit großer Verspätung, aber gerade noch rechtzeitig erreichte Georg Frankfurt am Main. Als er den Bahnsteig gefunden hatte, von dem der Nachtzug nach Berlin abfahren sollte, stand die Lokomotive bereits unter Dampf. Georg suchte sich ein leeres Abteil und streckte sich aus – einschlafen konnte er nicht.

Ab und zu flog eine schummrige Gaslaterne vorüber, ansonsten herrschte Dunkelheit. Inessa wickelte sich in ihr Reiseplaid und starrte aus dem Zugfenster. Im Spiegelbild sah sie Iljitsch, innig an Nadeshda gelehnt.

Vielleicht wirkte die Reichshauptstadt im unausgeschlafenen Zustand noch gewaltiger, als sie es wirklich war, Georg jedenfalls fühlte sich eingeschüchtert, als er am Dienstagvormittag durch die Straßen Berlins lief. Er suchte im Telefonbuch nach der Adresse der Schweizer Gesandtschaft und irrte dann fast zwei Stunden durch die Gegend, bis er endlich das Gebäude in der Friedrich-Wilhelm-Straße gefunden hatte. Die Sprechstunde der Konsularabteilung fiel heute auf die Zeit zwischen drei und sechs Uhr nachmittags. Georg ging in den Thiergarten und setzte sich auf eine Bank. Es wehte ein frischer Wind, aber Georg war müde und nickte sofort ein.

Gegen Mittag traf Alan Turner in *Môtiers* ein, gewohnt professionell verschaffte sich der Brite einen Überblick über die Ortslage: Die Brennerei der Häfelis war weithin zu erkennen. Turner entdeckte Franz beim Fischen. Der reagierte nicht geistesgegenwärtig genug auf den Agenten.

Der Zug mit dem Waggon der Russen passierte Halle an der Saale. Weil sie bereits in Berlin erwartet wurden, musste der Sonderzug des Kronprinzen auf einem Nebengleis die Durchfahrt abwarten – sehr zum Vergnügen der in Scharen herbeiströmenden Kinder der Umgebung. Iljitsch und seine Reisegefährten bekamen davon nichts mit.

In der Schweizer Gesandtschaft herrschte reger Betrieb. Georg blieb nichts anderes übrig, als sich in die Schlange der Wartenden einzureihen. Irgendwann vernahm er eine heimatliche Stimme: Auf Schweizerdeutsch bat ein Mitarbeiter der Konsularabteilung die Anwesenden, am nächsten Tag wiederzukommen. Georg hatte nichts erreicht und außerdem seinen Zug verpasst. Nun musste er auch noch in dieser lärmenden Stadt übernachten.

Inzwischen war auch der Sonderwaggon in Berlin eingetroffen. Seit Stunden wurde er auf dem Potsdamer Bahnhof von einem Gleis auf das andere rangiert. Gegen Mitternacht ging es im Schritttempo zu einem anderen Bahnhof, dann kehrte Ruhe ein: Weiterfahrt unbestimmt.

Am Morgen des Mittwoch entdeckte eine Reiterin am Ufer der *Areuse* eine männliche Leiche. Die geschockte Frau alarmierte sofort die Gemeindepolizei von *Môtiers*, die den Fall an die Kantonsbehörde übergab. Dem äußeren Anschein nach war der Mann gestürzt oder gestoßen worden. Das Opfer wurde von seinen Eltern identifiziert.

Irritation hatte zunächst ausgelöst, dass der Tote den Reisepass seines Zwillingsbruders Georg bei sich trug. Die Leiche wurde zur Obduktion in das Neuenburger Spital überführt.

Georg saß im Zug nach Sassnitz und dachte darüber nach, sich bei der Ausreise aus Deutschland taubstumm zu stellen. Als der Schaffner seine Fahrkarte kontrollierte, probierte er diese Rolle aus, verwarf sie aber sofort wieder.

Der Waggon der Russen befand sich noch immer in Berlin. Iljitsch war in seine „Aprilthesen" vertieft, Inessa und Nadeshda standen im Gang vor dem Abteil und unterhielten sich leise.

Kurz vor 18 Uhr stieß die Schiffssirene ein dröhnendes Signal aus, das das Ablegen ankündigte. Die Russen waren nicht angekommen – Georg schaffte es gerade noch rechtzeitig wieder von Bord zu gehen.

Er dachte an Inessa und begann, sich Sorgen zu machen, dass sie in Schwierigkeiten sein könnte. Als Georg sein Fährticket umtauschte, wurde er nach seinem Namen gefragt.

„Häfeli … Franz." Er nestelte nach seinem Pass.

„Für morgen früh?" Georg wusste es nicht, nickte aber.

Inessa stand am Abteilfenster, als der Zug aus dem Bahnhof von Bergen fuhr. Iljitsch schaute auf seine Taschenuhr und schimpfte über die Verspätung, die inzwischen so groß war, dass sie die Fähre nach Trelleborg verpasst hatten. Nadeshda und Inessa redeten beruhigend auf ihn ein: Nach so langer Zeit im Exil komme es wohl auf ein paar Stunden nicht an. Iljitsch murmelte etwas Unverständliches und winkte ab.

Georg hatte den Fährbahnhof in Richtung Stadt verlassen, er musste sich ein Hotelzimmer suchen. Unterwegs fiel ihm eine junge Frau auf, die hin und her lief. Immer wieder blieb sie stehen und formte aus Daumen und Zeigefingern beider Hände ein Viereck, durch das sie schaute. Als sie spürte, dass Georg sie beobachtete, lächelte die Frau kurz und schlenderte weiter.

Das kleine Restaurant des Strandhotels, in dem Georg sich einquartiert hatte, war behaglich, aber er aß ohne Appetit und zahlte, kaum dass er fertig war. Als er zum Fährbahnhof zurückkehrte, stand der Waggon der Russen auf einem Abstellgleis. Endlich.

Die Emigranten wurden in ein Nebengebäude des Bahnhofs geleitet, wo Iljitsch die Gruppe auf die zugewiesenen Räume verteilte.

Georg hatte Inessa nur kurz sehen wollen, um sie wissen zu lassen, dass er in ihrer Nähe war und mitreiste. Wie erschrocken sie reagierte und doch erfreut war! Nur küssen wollte sie Georg auf keinen Fall. Nicht hier, denn niemand durfte die beiden sehen, durfte sie so sehen, am wenigsten Iljitsch. Aber genau er, der große Anführer, stand auf einmal vor ihnen, wortlos, die Daumen in die Achseln gestützt. Er ignorierte Inessa, wie man einen Menschen nur ignorieren kann, und forderte Georg zu einem kleinen Spaziergang über die Mole auf.

Ein leichter Regen ging, und das rhythmische Strahlen des Leuchtturms wischte über die Gesichter der beiden Männer. Sie waren minutenlang schweigend nebeneinander hergelaufen, als Iljitsch plötzlich innehielt und Georg aufforderte, seine Schuhe auszuziehen. Iljitsch warf ihm seine abgetragenen Wanderstiefel vor die Füße,

179

schlüpfte in Georgs elegante Bally-Modelle und kehrte um.

Es machte Georg einige Mühe, in die Schuhe des Russen hineinzukommen. Wäre er doch auf Strümpfen weitergelaufen! Stattdessen quälte er sich in diese ausgeleierten Treter hinein und stolperte nach wenigen Schritten über die viel zu langen Schnürbänder.

Georg fiel so unglücklich, dass er mit dem Hinterkopf aufschlug und von der Mole stürzte. Er strampelte, keuchte, spuckte Fontänen, aber er schrie nicht, und auf einmal war die Angst da, dass es zu Ende sein könnte. Das Wasser schmeckte salzig und das Letzte, was ihm einfiel, war, dass er wohl besser schwimmen gelernt hätte, und er dachte an seine Eltern, die es ihm nicht beigebracht hatten und an seinen Bruder, der schwimmen konnte und dessen Pass er bei sich trug, was ihm, Georg, jetzt aber auch nichts nützte, und er sah, dass sich der Mann mit dem Spitzbart schon viel zu weit entfernt hatte, um ihm noch helfen zu können, und dann fiel ihm Inessa ein, und er lächelte sanft, als sein Kopf im kalten Wasser der Ostsee untertauchte.

Der Mantel mit den eingenähten Geldbündeln hielt den Körper an der Oberfläche, aber Georg Häfeli hatte bereits das Bewusstsein verloren und ertrank.

Eine Woche nach ihrer Abreise aus der Schweiz trifft die Gruppe der Rückkehrer auf dem Finnländischen Bahnhof in der russischen Hauptstadt Petrograd ein und wird begeistert empfangen. Ihr Anführer Iljitsch tritt vor die versammelten Arbeiter, Soldaten und Matrosen und hält eine revolutionäre Rede.

Epilog

Thallium kommt aus dem Griechischen (*thallós* = grüner Zweig) und ist ein hoch toxischer Stoff. Doch Alan Turners Anschlag auf die Gruppe verfehlte seine Wirkung. Der Agent hatte erwartet, dass die Emigranten auf ihrer Reise nach Russland aus purer Langeweile zum Absinth greifen würden. Iljitsch und die anderen Revolutionäre hätten ihr Reiseziel äußerlich unbeschadet erreicht, die weitere Geschichte wäre jedoch ohne sie verlaufen: Es hätte keine Oktoberrevolution gegeben und auch nicht den Friedensvertrag von Brest-Litowsk. Doch Turner hatte ebenso wenig mit der Disziplin der Rückkehrer gerechnet wie damit, dass ihr Anführer keinen Alkohol trank. (Die Absinthkiste wurde nach Ankunft der Gruppe von der Petrograder Zollverwaltung beschlagnahmt. Nach einiger Zeit starben mehrere Mitarbeiter der Behörde eines qualvollen Todes. Der Untersuchungsbericht über den Vorfall unterliegt bis heute der Geheimhaltung.)

Kriminalkommissar Kressinger hielt bis zuletzt an seiner Theorie fest, nach der die Fischer Freese und Peters den Schweizer Georg Häfeli bereits am Vorabend überfallen, ausgeraubt und ins Meer geworfen hätten. Am nächsten Morgen sei die Leiche wieder aufgetaucht und die mutmaßlichen Täter hätten den Toten nunmehr endgültig beseitigt, um die Spuren ihres Verbrechens zu tilgen. Dabei wurden sie von der Zeugin Frieda von Ortwig beobachtet und fotografiert. Belastbare Beweise für ein Mord- oder Totschlagsdelikt erbrachten aber weder die kriminaltechnischen Untersuchungen noch Kressingers ehrgeizige Ermittlungen. Ein Zusammenhang mit dem

Tod des Bruders im Schweizer Kanton Neuenburg konnte nicht hergestellt werden. Ebenso blieb ungeklärt, aus welchem Grund die Zwillinge Georg und Franz Häfeli ihre Identität getauscht hatten.

ZUR GESCHICHTE DER GESCHICHTE:

Der Kriminalfall ist ausgedacht, aber er spielt mit einer historischen Begebenheit: Im April 1917 reiste der russische Revolutionär Wladimir Iljitsch Lenin mit einer Gruppe Gleichgesinnter aus dem Schweizer Exil zurück in die Heimat. Mitten im Ersten Weltkrieg hatte die kaiserliche Regierung eine Sonderfahrt über das Territorium des Deutschen Reiches genehmigt. In eine Agentengeschichte verwickelt zu werden, war keine Besonderheit zu einer Zeit, in der jede Macht gegen die andere spionierte.

Lisa Lohtander

MAGDALENAS TAGEBUCH

Als mein Mann und ich im vergangenen Frühjahr das Haus meiner Eltern in der Ahdenkallionkatu abreißen ließen, um neu zu bauen, fanden wir zwischen allerlei Andenken und alten Fotografien eine geschnitzte Schatulle mit Tagebüchern, Briefen und Postkarten meiner deutschen Ur-Urgroßmutter, Magdalena Stolte. Ich war fasziniert, machte mich sofort auf die Suche nach jemandem, der die schnörkelige Kurrentschrift sozusagen „übersetzen" konnte und hielt zwei Monate später – dank der Bewohnerinnen eines Berliner Seniorenheims – eine lesbare Version der Aufzeichnungen in Händen. Meine anfängliche Freude wich jedoch rasch Widerwillen und schließlich blankem Entsetzen.

Dennoch – oder vielleicht gerade deshalb – hat mein Mann mich darin bestärkt, das Material auszugsweise zu veröffentlichen.

Ich habe das Folgende weder geschönt, noch dem heutigen Zeitgeist angepasst. Nur so ist es meines Erachtens möglich, zumindest eine vage Vorstellung von der Denkweise unserer Ahnen zu bekommen und die Ereignisse von damals nachzuvollziehen.

Hyvinkää, im Dezember 2013   Lisa Lohtander

Morgen geht es endlich los! An Schlaf ist nicht zu denken! Wieder und wieder hab ich Hermines letzten Brief gelesen: „Meine liebe Magda, wie freue ich mich auf Deine baldige Ankunft ..." – In Afrika scheinen die Uhren anders zu gehen, denn die Schiffsreise wird immerhin ganze fünf Wochen dauern.

Aber daran denke ich jetzt nicht. Ich hab mein Reisekostüm hübsch ordentlich zurechtgelegt und während ich wieder und wieder meinen Blick über die neuen Stiefel und das kecke, kornblumenblaue Hütchen wandern lasse, stell ich mir vor, wie ich darin in Swakopmund an Land gehen werde und wie ein ganzes Dutzend schneidige junge Leutnants die Hälse nach mir reckt. Und ich werde mir den schönsten und liebsten von ihnen als meinen künftigen Ehemann aussuchen!

Adieu gnädige Frau, adieu, ihr ungezogenen Bälger, euer Kindermädchen geht nach Deutsch-Südwest!

Oh Himmel, bin ich aufgeregt!

Ich muss nun schon seit Tagen mit schlimmem Fieber das Bett hüten und weiß nicht einmal, welchen Wochentag wir heute haben. Die Kabine teile ich mit einer scheußlich schwatzhaften Köchin namens Henrietta, einer ältlichen Krankenschwester und der ziemlich verhärmt wirkenden Frau eines Missionars. Sie ist kaum älter als ich. Mitte zwanzig, schätz ich, aber die Mundwinkel hängen ihr schon fast bis ans Kinn. Ich nenne sie „Miss Miesepeter". Als Erstes hat sie mir erzählt, dass Swakopmund nach dem Fluss Swakop benannt ist und dass „Swakop" in der Sprache der Eingeborenen so viel wie „Kot" heißt. Zuerst hat sie „Exkremente" gesagt und sich dann verbessert, weil sie wohl dachte, ich kenn das Wort nicht. Ich hab ihr gesagt, dass ich das Lyzeum besucht habe und sehr wohl weiß, was „Exkremente" bedeutet.

Die Kissen in meiner Koje sind feucht und riechen muffig, und die Enge und das unaufhörliche Stampfen der Maschinen machen mich noch kränker, als ich schon bin.

Wenn gar nichts mehr hilft, träum ich von der Farm, deren Herrin ich mit ein bisschen Glück bald sein werde: endlose Weite und mitten darin ein lang gestrecktes, schneeweißes Haus mit Scheunen und Stallungen und einem blühenden Garten drumherum ...

Autos oder eine Eisenbahn gibt es in Deutsch-Südwest noch nicht.

Ich muss unbedingt reiten lernen.

Und schießen.

Unterwegs nach Okahandja,
Neujahr 1899

Der Ochsenkarren, auf dem wir – eng zusammenge-drängt unter einer notdürftig vor der sengenden Sonne schützenden Plane – in Richtung Okahandja und Windhoek reisen, muss alle drei Stunden anhalten, um die Tiere zu tränken. Am Tag schaffen sie nicht mehr als zwanzig, dreißig Kilometer. Die Hitze ist zum Verrücktwerden und die Wüstenlandschaft ringsumher ist von lähmend gleichförmiger Ödnis.

Ich nutze die Pausen, um meine Aufzeichnungen weiterzuführen. Das hilft mir, die Erlebnisse der vergangenen Tage zu bewältigen.

Die Landung in Swakopmund hat sich wie die sich endlos wiederholende Bilderfolge eines Phantaskops in mein Gedächtnis gebrannt: Nebel, Hitze und Geschrei und die trostloseste Küste, die ein Mensch sich nur vorstellen kann.

Die „Marie Woermann" ankerte etwa einen Kilometer vom Ufer entfernt, und wir Mädchen wurden wie Schlachtvieh verladen: schwielige Negerhände, die uns grob um die Taillen fassten und in die Landebarkassen setzten.

Manche von uns haben schon auf dem Boot Rotz und Wasser geheult.

Ich hielt mich so gut es ging abseits und dachte an Hermines Worte bei der Anwerbung, damals in Berlin: „Die weiße Frau ist die Trägerin deutscher Kultur! Mut, Ehre und Stolz, gepaart mit Gottesfurcht und innigster Vaterlandsliebe müssen allzeit Eure Begleiter sein, wenn ihr unseren tapferen Männern in Deutsch-Südwest mit zarten und doch nimmermüden Händen helfen wollt, in Afrika eine neue, eine *deutsche* Heimat zu gründen!"

Die Kaffer sehen furchterregend aus: mager und sehnig, schwarz wie Schuhwichse und lediglich in ein paar armselige Fetzen graubrauner Stoffe gehüllt. Ihre Haut riecht streng nach ich weiß nicht was. Erst dachte ich, das kommt davon, dass sie sich nicht waschen, aber das stimmt nicht.

Sie haben uns von den Barkassen aus an Land getragen und die ganze Zeit über keines Blickes gewürdigt.

Mein Rocksaum wurde nass und der neue Hut war bereits zerdrückt, bevor wir das Festland erreicht hatten.

Im Hotel hatten wir kaum Zeit, uns ein wenig frisch zu machen: Ein ganzer Trupp Soldaten und eine Handvoll Kaufleute und Farmer hatten sich zu unserer Begrüßung eingefunden. Sie hatten einen Dornbusch mit Kugeln und Lametta geschmückt. Erst bei seinem Anblick wurde mir klar, dass es kurz vor Weihnachten war.

Wir wurden mit „Hurra!" begrüßt; es wurde gefeiert und der Sekt floss in Strömen. Einige Mädchen erhielten schon nach dem ersten Tanz einen Heiratsantrag und zwei, drei verschwanden recht schnell mit ihren Eroberungen und kamen erst nach Stunden wieder.

Ein fescher Gefreiter aus Karlsruhe machte mir nach Kräften den Hof. Merinoschafe wolle er züchten, in Keetmanshoop, sobald seine Dienstzeit beendet sei. Nach dem dritten Glas Sekt griff er mir ungeniert an die Brust. Ich schlug ihm kräftig auf die Finger, aber er lachte nur und erklärte, er brauche ohnehin eine Frau, die zupacken könne und keine von den Gebildeten, die sich für sowas zu schade wären. Dann wandte er sich der drallen Henrietta zu. Nun denn – hab ich mir gedacht – ein Gefreiter und eine Köchin? Das passt!

Keine zwei Stunden später waren die beiden verlobt.

„Weihnachtskisten" nennen sie uns. Oder „Probe-sendung".

Kein Respekt!

Es ist schon etwas dran an dem, was in der Kolonial-zeitung zu lesen war: Wenn wir unsere deutschen Männer in Südwest allein lassen, nehmen sie sich Negerweiber und am Ende verkaffern sie ganz und gar!

Aber wenn ich mir Hermines liebe Worte ins Gedächtnis rufe, bereue ich es trotz der unschönen ersten Begegnungen nicht, in dieses Land gekommen zu sein.

Und in Okahandja wird ohnehin alles anders werden. Ich werde in der dortigen Poststelle arbeiten, und Hermine hat einen Jour fixe eingerichtet, bei dem sich die Mädchen unter sittsameren Bedingungen als denen, die ich im Hafenhotel von Swakopmund kennenlernen musste, nach einem Bräutigam umschauen können.

Ich habe heute zum ersten Mal Antilopenfleisch gegessen.

Es schmeckte gar nicht so schlecht.

Okahandja,
15. Januar 1899

Heute ist Sonntag, und nach dem Kirchgang hab ich zum ersten Mal wieder ein wenig Muße zum Schreiben.

Hermine hat mich mit offenen Armen empfangen und mir ein einfaches, aber helles und sauberes Zimmerchen auf ihrer Farm zugewiesen. Die Miete beträgt zusammen mit dem Kostgeld 20 Mark im Monat, was ich mir von meinem Lohn bei der Post ohne Schwierigkeiten leisten kann. Als Witwe ist Hermine auf die Zimmervermietung angewiesen, und so ist uns beiden mit dieser Regelung gedient.

Das Klima in Okahandja ist angenehmer als an der Küste und die Umgebung ist durch die Berge im Hintergrund und die vielen Bäume und Büsche abwechslungsreicher als die kahle Sanddünenlandschaft der Namib. Die Arbeit auf dem Postamt geht mir leicht von der Hand. Solange die Bahnstrecke noch im Bau befindlich ist, werden Briefe,

Päckchen und Pakete von Kamelen befördert. Ekelhafte Tiere, aber in dieser Gegend wegen ihrer eigenartigen Hufe weitaus besser für Transport und Fortbewegung geeignet als Pferde (Das heißt: Reiten lernen werde ich vorläufig wohl leider nicht, aber Hermine bringt mir das Schießen bei; das ist ja zumindest ein erster Schritt in Richtung künftige Farmersfrau.).

Ich bin ganz zappelig vor Aufregung, denn heute Abend ist der erste Jour fixe!

Oh, wie gut kann ich jetzt die Männer in Swakopmund verstehen, und im Stillen verzeihe ich sogar dem dreisten Gefreiten aus Karlsruhe sein ungezogenes Verhalten! Die Herero- und Nama-Weiber bieten wirklich keinen schönen Anblick mit ihren schamlos allen Blicken dargebotenen Brüsten und den Lumpen um die Hüften, die kaum das Notwendigste bedecken. Hermine hat mich mit einem lustigen Verslein über mein anfängliches Entsetzen hinweggetröstet:

„Kleider sind hier wenig Sitte, höchstens trägt man einen Hut. Oder einen Schurz der Mitte. Man ist schwarz und damit gut."

Ja, man ist schwarz und damit gut und deshalb lässt man denn auch gern mal den lieben Gott 'nen guten Mann sein! Die „Hüte" der Namafrauen sehen zwar aus wie überdimensionale Kronen, aber von der „Krone der Schöpfung" kann bei ihnen wirklich nicht die Rede sein!

Zwar sind viele Eingeborene getauft und hören auf Namen wie Wilhelm, Paul und Hanna, aber ich habe von den Weißen in der Umgebung (viele von ihnen kommen mindestens ein Mal in der Woche ins Postamt) gehört, dass man besonders bei den Hausangestellten öfter als einem lieb ist die Nilpferdpeitsche einsetzen muss, um sie wenigstens vorübergehend zum Arbeiten zu kriegen.

Bei uns ist das anders. Hermine hat ein erstaunlich fleißiges und tüchtiges Hereromädchen namens Ndapewa, das kocht, wäscht, putzt, nach dem Garten sieht und Besorgungen für die Logiergäste macht. Sie sagt, die Kleine habe ein Recht auf ihren Namen und sie „Minna" zu nennen, wie viele Weiße es der Einfachheit halber bei ihren Dienstmädchen tun, wäre unwürdig.

Nun ja, Hermine hat so ihre Kaprizen. Aber immerhin trägt unsere „Minna" ein stets makelloses, fein gestärktes Kattunkleid mit gestreifter Schürze und die wildwüchsigen krausen Haare sind unter einer eng gewickelten Mischung aus Kopftuch und Turban gebändigt. Sie spricht schon ganz gut Deutsch und nennt mich „gnädiges Fräulein ".

Da sie recht geschickt mit Nadel und Faden ist, hab ich ihr gleich nach meiner Ankunft mein Festtagskleid anvertraut. Der Riss im Ärmel ist fast nicht mehr zu sehen. Ich werde es heute Abend tragen: resedagrüner Musselin mit zarter, weißer Spitze an Kragen und Manschetten. Eigentlich zu warm für diese Gegend, aber man will ja schließlich etwas hermachen.

Okahandja,
Nacht vom 15. auf den 16. Januar 1899

Es ist schon beinahe Mitternacht und ich sollte endlich schlafen gehen, aber der Abend war so ganz und gar wunderbar, dass ich unbedingt noch unter dem Eindruck des Erlebten ein paar Zeilen zu Papier bringen muss!

Er heißt Joachim; genauer gesagt Freiherr Joachim

190

Arnim von Barnstedt! Seine Dienstzeit bei der Schutztruppe in Windhoek ist vor Kurzem abgelaufen, und bis zur Fertigstellung des Wohngebäudes auf seiner künftigen Farm in der Nähe von Otjimbingwe wird er in einem von Hermines Gastzimmern wohnen! Er muss in der Frühe bereits eingezogen sein, denn ich hab ihn erst bei unserem Jour fixe kennengelernt. Mit seinem flotten weißen Leinenanzug und den rotblonden Locken stach er sofort aus der Menge der anderen heiratswilligen Herren hervor. Wobei „Menge" vielleicht übertrieben klingt bei nicht ganz zwanzig männlichen Gästen, aber angesichts der gerade mal vier Frauen – Hermine nicht dazugerechnet – war die Überzahl natürlich augenfällig.

„Von Barnstedt, nun bringen Sie schon Schwung in die Bude!" hat einer der Herren gerufen, kaum dass der Baron zu uns auf die Terrasse trat, und die anderen klatschten begeistert Beifall, als der neue Hausgast seine Mitbringsel auspackte: ein veritables Grammophon, mehrere Schallplatten und ein seltsames, säulenförmiges Zinngebilde, an dem sich vier winzige Wasserhähne befanden, gekrönt von einem Glasballon mit passendem Deckel.

Ich hatte so etwas noch nie gesehen.

Der Baron zwinkerte uns Mädchen verschwörerisch zu und zauberte mit schwungvoller Geste vier eigenartig geformte, dickwandige Gläser, vier mit kleinen Öffnungen versehene, spitz zulaufende, silberne Spatel und eine Flasche auf den Tisch.

Die Männer johlten und Hermine war deutlich anzusehen, dass sie heftige innere Kämpfe ausfocht, denn eigentlich ist Alkohol in ihrem Hause strengstens untersagt.

Aber dass es sich eindeutig um Schnaps – oder etwas Ähnliches – handeln musste, war selbst mir klar, obwohl ich keine Ahnung hatte, worum es bei all dem Brimborium ging.

Als Hermine schließlich doch noch einzuschreiten versuchte, lachte der Baron sie aus. „Aber meine liebe gnädige Frau", sagte er, „wir trinken ja nicht *in* Ihrem Haus, sondern *hinter* Ihrem Haus!"

Ndapewa wurde in das Haus geschickt, Zuckerhut und Zuckerhammer aus der Küche zu holen, und Hermine füllte unter freundlichen Ermahnungen, es nicht zu toll zu treiben, Wasser in den Glasballon.

Der Baron schenkte in jedes der vier Gläser etwa drei Finger breit von dem giftgrünen Flascheninhalt ein, dann legte er die silbernen Spatel auf die Gläser und obenauf kam je ein Zuckerbrocken.

Das Schauspiel, das sich uns Mädchen bot, als das Wasser aus den vier kleinen Hähnen über den Zucker und in die Gläser tröpfelte, grenzte an Hexerei! Zuerst verwandelte sich die grüne Flüssigkeit in eine wabernde, schwefelgelbe Wolke, dann, während sich in den Zucker- brocken keine Krater bildeten, wurde die Wolke lang- sam weiß und als der Zucker schließlich verschwunden war, sah die zuvor klare Flüssigkeit aus wie verdünnte Milch.

„Zuerst die Damen", erklärte der Baron galant und gab jedem von uns Mädchen ein Glas.

„Kinder, bitte nur kosten! Nur einen kleinen Schluck!", mahnte Hermine, aber wir waren viel zu gespannt auf den Geschmack dieses eigenartigen Gebräus, und ich nahm entschlossen einen tiefen Zug.

Es schmeckte merkwürdig. Nicht wirklich süß und nicht wirklich bitter. Wie eine Mischung aus Lakritz und Fenchelhonig.

Während die anderen Herren das Grammophon aufzogen und sich scherzhaft mit den Mädchen über die Wahl des ersten Musikstücks stritten, trat der Baron zu mir und schaute mir tief in die Augen. „La fée verte", sagte er, „wie passend."

Ich verstand kein Wort.

„Absinth", erklärte er mir, „wird auch la fée verte genannt. Die Grüne Fee."

Er warf einen bezeichnenden Blick auf mein resedagrünes Festtagskleid und kaum erklangen die ersten Takte der „Schönen, blauen Donau", lag ich auch schon in seinen Armen und walzte mit ihm über Hermines Terrasse.

Nach dem zweiten Glas Absinth drehte sich ein riesiges Rad in meinem Kopf. „Daran ist nur der Kaiser Franz-Josef schuld!", erklärte der Baron mit todernster Miene.

„Wieso?"

„Na, der alte Zausel hat schließlich gleich neben die schöne, blaue Donau dieses pompöse Riesenrad setzen lassen!"

Wir redeten und tanzten und wollten uns am Ende über alles und jedes schier ausschütten vor Lachen.

Die übrigen Herren waren, glaub ich, ein wenig neidisch angesichts der anderen, denn doch eher bäurischen und pausbäckigen jungen Damen.

„Ein flottes Fischchen hat der Herr Baron sich da geangelt!", scherzten sie. „Wann darf man denn gratulieren?"

Mein rot gelockter Baron zwinkerte ihnen verschwörerisch zu. „Meine Herren, darüber reden wir morgen früh!", hat er lachend erwidert, und die anderen hoben ihre Gläser und prosteten uns zu.

Es wurde die ausgelassenste Verlobungsfeier, die man sich nur vorstellen kann, auch wenn natürlich niemand das Wort „Verlobung" aussprach, denn als Ehrenmann wird der Baron natürlich – Afrika hin, lange Postwege her – zuvor in aller Form bei meinem Vater um meine Hand anhalten müssen.

Alle beneideten mich! Selbst Hermine! Und sogar Ndapewa strahlte über ihr ganzes, kohlschwarzes Gesicht!

Im Garten wurde es dunkel und wir gerieten immer weiter weg von den anderen Feiernden.

Er hat mich geküsst. Nicht scheu und zurückhaltend, sondern forsch und fordernd, und es hat mir gefallen. Ja, ich gebe es zu: Es hat mir sogar *sehr* gefallen! Das Riesenrad in meinem Kopf drehte sich immer schneller, während seine Hände überall waren und ich irgendwann nur noch das Rauschen des Blutes in meinen Ohren hörte.

Er schob meine Röcke hoch und als seine Hände an der Innenseite meiner Schenkel hoch strichen, wollt ich schier vergehen vor Lust. Im letzten Moment jedoch besann ich mich und lief davon. Was würde er denn sonst von mir halten? Dass ich leichte Beute bin, wie die Mädchen in Swakopmund?

Dass Männer gern versuchen, noch vor der Ehe zum Ziel zu kommen, ist ein offenes Geheimnis. Aber man muss sich so teuer verkaufen, wie es nur geht, hat meine Mutter mir kurz vor ihrem tragischen Ende mit auf den Weg gegeben, und ich bin fest entschlossen, mich daran zu halten. Ich werde unser künftiges Glück nicht aufs Spiel setzen, indem ich mich meinem künftigen Ehemann leichtfertig hingebe!

Mein Herz schlägt wie wild, wenn ich daran denke, dass er gar nicht weit von hier in seinem Stübchen sitzt. Ich habe gehört, wie er nach Ndapewa gerufen und einen Schlummertrunk verlangt hat.

Ob auch er nicht schlafen kann, weil er immer und immer wieder an mich denkt?

Okahandja,
19. Februar 1899

Mir ist elend. Ich bin auch an diesem Sonntag nicht mit zur Kirche gegangen, sondern habe mich – wie so oft in den letzten Wochen – in meinem Zimmer eingeschlossen. Ich lasse langsam Wasser über einen Brocken Zucker laufen. Ein Stück Tuch tut den gleichen Dienst wie jene eleganten Silberspatel: Das Wasser tröpfelt hindurch, und aus der Grünen Fee im Glas wird langsam ein weißes Gespenst. „Vergiss ihn ...", flüstert es mir zu. „*Er* hat dich doch längst vergessen ..."

Ich nehme einen tiefen Zug und das Gespenst im Glas wird kleiner und kleiner, bis seine Stimme zu einem lächerlichen, dünnen Fisteln wird und schließlich ganz erstirbt.

Seit mehr als einem Monat ist Joachim jetzt schon fort. „In Otjimbingwe nach dem Rechten sehen", hat Hermine gesagt, „auf unbestimmte Zeit."

Aber er wird wiederkommen, ganz gewiss, denn bis auf das Nötigste sind all seine Habseligkeiten hier geblieben.

Nur: Warum antwortet er auf keinen meiner Briefe?

Der Absinth lässt das Riesenrad in meinem Kopf erneut rotieren. Ich summe unseren Walzer, und beinahe fühle ich wieder seine starken Hände um meine Taille und seine heißen Küsse auf meinen Lippen.

Es war nicht schwer, ein paar Flaschen aus Joachims Vorräten zu stehlen. Hermine hat sie mitsamt dem Absinth-Brunnen in den hintersten Winkel der Vorratskammer verbannt. Auf den Jours fixes gibt es jetzt keinen Alkohol mehr, und es ist fad und ich bin denn auch nicht wieder hingegangen.

Schließlich bin ich so gut wie verlobt.

Wahrscheinlich stimmt die Adresse in Otjimbingwe nicht. Ich hab bei der dortigen Poststelle anfragen wollen, aber Hermine hat gesagt, der Herr Baron sei bestimmt nicht mehr dort, sondern auf der Baustelle. Auf seiner Farm. Auf *unserer* Farm!

„Endlose Weite und mitten darin ein lang gestrecktes, schneeweißes Haus mit Scheunen und Stallungen und einem blühenden Garten drumherum." So, wie ich es auf der Reise hierhin erträumt und niedergeschrieben habe.

Hermine versucht jedes Mal aufs Neue, mich dazu zu bewegen, ihren Jour fixe zu besuchen. Ich kann das nicht verstehen. Sie sollte unsere Verbindung respektieren, auch wenn es noch keine offizielle Verlobung gab. Manchmal glaube ich, sie hat selbst ein Auge auf Joachim geworfen, so wie sie jedes Mal herumdruckst, wenn ich nach ihm frage. Sie sollte sich was schämen! Schließlich ist schon ihre erste Ehe kinderlos geblieben, und jetzt – mit über dreißig – wird sie wohl kaum mehr dazu in der Lage sein, einem Ehemann Kinder zu schenken!

Der Absinth schmeckt bitter und süß zugleich. Wie seine Küsse.

Ach, mein Liebster, wann endlich kann ich dich wieder an mein heißes, wundes, dich innigst herbeisehnendes Herz drücken?

Okahandja,
26. März 1899

Sonntag.

Wie immer allein mit Achims schöner, grüner Fee.

Tropf, tropf, tropf ...

Sie bleibt nie lange. Unser Walzer klingt, als spiele ihn ein talentloser Schüler auf einem verstimmten Klavier und das Riesenrad dreht sich rückwärts, träge und quälend langsam, und ich muss mich festklammern, um nicht hintüber hinauszufallen.

Es ist die vorletzte Flasche.

Der wabernde, weiße Geist in meinem Glas flüstert unaufhörlich auf mich ein: „Hast du gesehen, wie ihr Bauch sich rundet? Siehst du? Das Negermädchen hat es geschafft! Das faule, nutzlose, kleine Ding in seinem altmodischen Kattunkleidchen sieht Mutterfreuden entgegen!"

Ich kann so viel trinken, wie ich will: Die tröstliche Grüne Fee verschwindet viel zu schnell und statt ihrer erscheint jedes Mal aufs Neue der bösartige Flaschengeist und lässt sich nicht zum Schweigen bringen: „Siehst Du? Ein verheißungsvoller Schwung der Hüften und ein paar lüsterne Blicke aus abgrundschwarzen Augen und schon winken Brautstaat und Mutterschaft!"

Ich habe Ndapewa im Nähstübchen gesehen, wie sie

dort saß – halb nackt, nur in eines ihrer Eingeborenentücher gehüllt und schamlos die üppigen Brüste preisgebend – und gemeinsam mit Hermine die Taillennähte ihrer Dienstkleider auftrennte.

„Man sieht es noch kaum, aber es ist nicht gut für das Kleine, wenn es in enge Gewänder oder gar – wie bei uns in Deutschland – in ein Korsett eingezwängt wird", hat Hermine gesagt.

Ndapewa hat brav genickt und mit Hermine in ihrer Eingeborenensprache geredet, und dann hat Hermine die Schwarze in den Arm genommen, als sei sie Ihresgleichen.

Ich ertrage es nicht, wie vertraut sie mit dem Mädchen tut. Und mir weicht sie mehr und mehr aus, obwohl sie wissen müsste, wie schlecht es um mich steht!

Okahandja,
3. April 1899

Achim war hier und Hermine hat mir nichts von seinem Kommen gesagt!

„Er hat nur kurz vorbeigeschaut auf dem Weg nach Windhoek", hat sie gesagt und meinen Blick gemieden.

„Warum hat er mir nicht geschrieben?", hab ich sie gefragt. „Warum hat er hier nicht wenigstens gewartet, bis mein Dienst zu Ende ist?"

Hermine hat mich lange angeschaut und dann etwas von „... Dinge ändern sich" und „Hier bei uns in Südwest ..." gestammelt.

Da hab ich gewusst, dass sie mich seit Wochen und Monaten belügt, und ich hab sie zur Rede gestellt. „Ich hab doch gesehen, wie du ihm schöne Augen gemacht hast damals! Und am Morgen war er dann plötzlich verschwunden? Einfach so? Wahrscheinlich lag er noch in deine Kissen gewühlt und hat seinen Rausch ausgeschlafen!", hab ich sie angeschrien.

Sie ist ganz blass geworden, hat nur den Kopf geschüttelt und ist davongegangen.

Natürlich ist sie zu feige, mir ins Gesicht zu sagen, dass sie mich die ganze Zeit über hintergangen hat! Womöglich planen die beiden schon ihre Hochzeit, und ich bin die einzige, die noch nichts davon weiß! Selbst Ndapewa scheint bereits eingeweiht zu sein! Sie ist neuerdings wie verwandelt und summt den ganzen Tag lang leise vor sich hin.

Ich könnte Hermine umbringen! Was für ein verlogenes, hinterhältiges Weibsstück! Unbescholtene Mädchen in dieses schreckliche Land zu locken und sich dann an ihre Männer heranzumachen!

Aber sie wird ihn nicht kriegen! Ganz gewiss nicht! Dafür werd ich schon sorgen!

Okahandja,
4. April 1899

Die allerletzte Flasche. Noch zwei, drei Gläser, dann ist sie leer. Die Grüne Fee wird mich verlassen und mit ihr wird auch der weiße Quälgeist von dannen zieh'n, in den sie sich zu verwandeln pflegt. Ich werde meine tröstliche Gefährtin vermissen, und selbst ihr zweites, böses, trügerisch weißes Gesicht wird mir fehlen. Wir halten schon seit Stunden Zwiesprache, der weiße Geist und ich. Und mir steht klar vor Augen, was es nun zu tun gilt.

Ein Unfall, natürlich. „Ein Schuss hat sich gelöst."

„Mitten in der Nacht?", werden sie fragen und ich werde sagen, „Ja. Da war ein Geräusch."

Wenn ich ihn nicht haben kann, soll auch sie ihn nicht haben!

Missionshaus der Barmer Mission,
Swakopmund, 16. April 1899

Man hat mir bis zu meiner Abreise das hiesige Krankenzimmer zugewiesen. Vom Garnisonslazarett sind mir – mit allen guten Wünschen zur baldigen Genesung – zwei Krücken gesandt worden.

Ich liege nächtelang wach und frage mich wieder und wieder, wieso dieses unnütze Ding mir in die Quere kommen musste! Nun gut, ich muss zugeben: Damit, dass Ndapewa mir in letzter Sekunde das Gewehr entrissen hat, hat sie verhindert, dass ich zu Hermines Mörderin werde. Aber was ist der Preis? Womit hab ich das Elend, das mich erwartet, verdient?

Swakopmund,
26. April 1899

In ein paar Tagen geht es zurück in die Heimat. Mein Vetter Karl ist Verwalter auf einem Gut nahe Kallweitschen. Vielleicht kann er mir eine Stelle als Sekretärin besorgen.

Der Doktor war heute noch einmal da.

Ich werde nie mehr richtig gehen können.

Hier endet Magdalenas Afrika-Tagebuch. Zwischen der letzten, leeren Seite und dem Einband steckte lediglich ein Brief:

Meine liebe Magdalena!

Ich beglückwünsche Dich von Herzen zu Deiner Verlobung mit Deinem Vetter Karl! Was für eine glückliche Fügung! Gewiss ist es ein anderes Leben als in Berlin, dort auf dem Lande in Ostpreußen und erst recht ein anderes Leben als hier bei uns in Deutsch-Südwest, aber zwischen Deinen letzten Zeilen las ich wenn nicht Überschwang, so doch Zufriedenheit, und was kann ein Mensch sich mehr auf Erden wünschen?

Ich mache mir nach wie vor die größten Vorwürfe, weil ich Dir damals die Wahrheit vorenthalten habe. Alles, alles wäre anders gekommen, wenn ich nur den Mut aufgebracht hätte, Dich von Anbeginn in den Gang der Ereignisse einzuweihen. Aber ich hab ja gesehen, wie Du gelitten hast und es einfach nicht übers Herz gebracht.

Bis heute verstehe ich nicht, was Ndapewa dazu bewogen hat, Dich töten zu wollen und wenn ich daran denke, dass es ihr beinahe gelungen wäre, springen mir heiße Tränen in die Augen.

Ihre Schilderung der Ereignisse klang von Anfang an verworren und absurd, und daran hat sich auch im Laufe der Gerichtsverhandlung nichts geändert: Du seist betrunken und wie von Sinnen gewesen und habest mir nach dem Leben getrachtet! Und sie sei Dir lediglich entgegengetreten, um Dir das Gewehr zu entreißen! Ndapewa ging sogar so weit, zu behaupten, der Schuss, mit dem sie Dir das Knie zertrümmert hat, habe sich nur versehentlich aus dem Gewehr gelöst.

Und ich hatte dieses Mädchen einmal gern! Ich hab ihr vertraut und sie gehalten, als sei sie mein eigen Fleisch und Blut. Niemals hat mich ein Mensch so abgrundtief enttäuscht!

Nun, auch den Richtern war klar, dass alles, was sie zu ihrer Verteidigung hervorbrachte, gelogen war.

Das Urteil lautet auf versuchten Mord, und ein Mordversuch ist es ja zweifellos gewesen.

Aber dennoch: Was für eine Tragödie! Dabei war doch alles zu ihrem Besten! Der Baron ist bei allem Draufgängertum kein Dummkopf, und er hat, als er erfuhr, dass sein Übergriff in jener Nacht nicht ohne Folgen geblieben war, Ndapewa umgehend die Ehe versprochen. Ein kluger Schachzug, wie ich zugeben muss, denn angesichts der Spannungen in der Region mag es nicht unklug für einen weißen Farmer sein, eine Schwarze zu ehelichen. Natürlich bestand auf beiden Seiten keine Zuneigung. Wie hätte das auch sein können? Aber wie Du weißt, ist von Barnstedt nicht der Einzige, der eine schwarze Frau einer Weißen vorzieht; sei es als Konkubine oder Ehefrau.

Und Ndapewa dachte wohl wie alle Mütter nur noch an das werdende Leben unter ihrem Herzen, auch wenn es nicht in Liebe gezeugt war.

Meine liebe Magdalena, trotz allem Entsetzen über das, was Ndapewa Dir angetan hat, haben der Baron und ich alles versucht, sie vor dem Strang zu bewahren. Ich bin mir sicher, dass Du das trotz all dem Leid, das Dir von ihrer Hand widerfahren ist, verstehen wirst. Doch unsere Bemühungen waren schließlich vergebens.

Man hat ihr, wie es Christenpflicht ist, noch gestattet, das Kindchen zur Welt zu bringen. Wie viele Mischlingskinder ist es fast weiß. Es wird am kommenden Sonntag auf den Namen Friedrich getauft.

Gestern früh wurde Ndapewa hingerichtet.

Möge Gott ihrer Seele gnädig sein und möge es Dir vergönnt sein, ihr eines Tages zu verzeihen.

In tiefer Verbundenheit grüßt Dich
Deine Hermine

ZUR GESCHICHTE DER GESCHICHTE

Im Winter 1898 entsandte die Deutsche Kolonialgesellschaft erstmalig sechzehn Dienstmädchen, Köchinnen und Kinderfrauen nach Deutsch-Südwestafrika, um als Ehefrauen der sog. „Verkafferung" der dortigen Siedler und Schutztruppler und der zunehmenden Zahl von „Mischehen" mit einheimischen Frauen entgegenzuwirken. Diesen ersten der zynisch „Weihnachtskisten" genannten Frauen und Mädchen sollten noch etliche weitere folgen.

Zwar kam es in „Südwest" immer wieder zu gewalttätigen sexuellen Übergriffen Weißer auf schwarze Frauen und ein nicht unerheblicher Teil der Soldaten und Siedler hielt sich eine oder mehrere einheimische „Konkubinen", aber es gab durchaus zahlreiche Eheschließungen. Allerdings ließ die Kolonialverwaltung diese erst 1903 rechtlich gelten und bereits 1907 wurden diese sog. „Mischehen" auch rückwirkend für ungültig erklärt. Die aus diesen Verbindungen hervorgegangenen Kinder verloren damit ihre deutsche Staatsbürgerschaft und ihr Erbrecht.

Die in „Magdalenas Tagebuch" geschilderten, für heutige Leser und Leserinnen unfassbar rassistischen Gedanken werfen ihre Schatten voraus auf den 12. Januar 1904, als sich die vom deutschen Kolonialregime brutal geknechteten Herero geschlossen gegen ihre Unterdrücker zur Wehr setzten. Der sich aus dem sog. „Herero-Aufstand" entwickelnde Krieg endete 1905 mit dem von deutschen Truppen ausgeführten ersten Völkermord der Geschichte. Er kostete rund achtzigtausend Herero und zehntausend Nama sowie zahlreiche Mitglieder der Ovambo das Leben.

DIE AUTORINNEN UND AUTOREN

in alphabetischer Reihenfolge

Ulrike Bliefert studierte Germanistik, Anglistik, Theaterwissenschaft und Schauspiel und arbeitet als Bühnen-, Film- und Fernsehschauspielerin (u. a. *Tatort*), Hörspiel-/Hörbuchsprecherin (u. a. *Radio-Tatort*) und Drehbuchautorin (u. a. Tatort). Sie begann 2007 mit dem Verfassen von Romanen und Kurzgeschichten.

Aje Andrea Brücken studierte Psychologie, Theaterwissenschaften und Szenisches Schreiben in Erlangen und Berlin. Sie arbeitet als Drehbuchautorin, Dokumentarfilmerin und Coach. Aus ihrer Feder stammen u. a. Episoden für die *Rosenheim Cops, Küstenwache, die Moffels* und *Hinter Gittern* (aje.bruecken@web.de).

D. C. Chill studierte Film und lebt als Autor und Filmemacher in Berlin. Als Kameramann drehte er diverse Fernsehkrimis und Serienfolgen (*Tatort, Polizeiruf 110, Im Namen des Gesetzes, Die Cleveren, Edel und Starck,*

Kommissar Rex u. a. m.). Seit einigen Jahren entwickelt D. C. Chill fiktionale Stoffe und schreibt.

Christiane Güth arbeitete mehr als 15 Jahre lang als Redakteurin in einem Sachbuchverlag und als selbstständige Texterin. Als Autorin schreibt sie Krimikomödien, Kurzgeschichten und Kinderbücher, von denen einige auch international erschienen. Sie lebt mit ihrer Familie in Gütersloh (www.christiane-gueth.de).

Peter Hoeft, Jahrgang 1957, war fast dreißig Jahre in der stationären Altenpflege und ambulanten Betreuung von Demenzkranken tätig. Mit seiner Frau wohnt er in der Nähe von Hannover. Als Teil des Autorenduos Gerit Bertram veröffentlicht er seit 2010 erfolgreich historische Romane (www.gerit-bertram.de).

László I. Kish studierte Deutsch, Englisch, Kunstgeschichte und Schauspiel in Basel und Zürich. Seit 1981 arbeitet er als Schauspieler für Bühne, TV und Film (u. a. *Die zweite Heimat, Dune*). Einem breiteren Publikum wurde er bekannt als *Tatort*-Kommissar Philipp von Burg. Neben seiner Schauspieltätigkeit arbeitet er als Regisseur und Kommunikationstrainer. Mit *Pandoras Büchse* verfasste er – nach mehreren Drehbüchern – sein erstes Prosawerk.

Kathrin Lange war Buchhändlerin und Verlegerin, bevor sie 2005 ihren ersten historischen Roman veröffentlichte. Seit 2009 schreibt sie Thriller für Erwachsene und Jugendliche. Mit "40 Stunden" legte sie ihren bisher größten

Erfolg hin. Sie gibt Schreibseminare und Fernunterricht als Romancoach (www.kathrin-lange.de).

Lisa Lohtander (eigentlich Liisa) wurde als Tochter eines Deutschen und einer Finnin in Hyvinkää/Finnland geboren. Sie studierte Afrikanistik und war mehrere Jahre lang Mitarbeiterin verschiedener Hilfsprojekte in Mali und Burkina Faso, bevor sie sich dem Schreiben zuwandte. *Magdalenas Tagebuch* ist ihr erstes Werk in deutscher Sprache.

Marie Reiners, Magistra der Germanistik und Theaterwissenschaften, ist seit 1990 als Drehbuchautorin tätig. Nach ca. hundert Sitcomfolgen (*Lukas, Mobbing Girls* etc.) entwickelt und schreibt sie seit 1999 hauptsächlich Krimis und Kriminalkomödien (z. B. ist sie Schöpferin der Serie *Mord mit Aussicht*, ARD). Zurzeit arbeitet sie außerdem an ihrem ersten Roman (www.mariereiners.de).

Gisela Witte studierte Geschichte und Erziehungswissenschaft und ist gelernte Buchhändlerin. Nach zahlreichen längeren Auslandsaufenthalten arbeitet sie heute als Galeristin und Autorin in Berlin und widmet sich als Lerntherapeutin der psychosozialen Arbeit mit Kindern und Familien.